AF602561

L'ESPION DU ROI

DRAME

Représenté pour la première fois, à Paris, sur la Théâtre de la Porte Saint-Martin, le 22 mai 1876.

POUR PARAITRE

AU MOIS DE JANVIER 1877

ROSE MICHEL

DRAME EN CINQ ACTES

De M. **Ernest BLUM**

Un vol. in-18 jésus. — Prix 2 fr.

Imprimerie générale de Châtillon-sur-Seine, Jeanne Robert

L'ESPION DU ROI

DRAME

EN CINQ ACTES ET SIX TABLEAUX

PAR

ERNEST BLUM

PARIS

TRESSE, ÉDITEUR

GALERIE DE CHARTRES, 10 ET 11

PALAIS-ROYAL

MDCCCLXXVI

PERSONNAGES

RUSKOE	MM.	Taillade.
LE CHEVALIER DE SOREUIL		Paul Deshayes.
TOLBEN		Régnier.
RIDEDERG		Faille.
PAMPHILE		Vollet.
ROLLER, officiers danois		René Didier.
FRANTZEN, officiers danois		Perrier.
THORKEL		H. Roze.
LE ROI CHRISTIAN II		Rollin.
HANS		Bellet.
MARTHE TOLBEN	Mmes	Marie Laurent.
HELWIGE, fille de Rideberg		Dica Petit.
SIGEBRITTE WYLM		Daubrun.
KARL, fils de Marthe		Angèle Moreau.

Soldats danois et suédois, Seigneurs, Peuple.

A Stockholm, en 1523.

L'ESPION DU ROI

ACTE PREMIER

Premier Tableau.

La place du Palais-Royal à Stockholm, en 1523. -- Face au public, la façade du palais.

SCÈNE PREMIÈRE

THORKEL, HANS, FRANTZEN, SOLDATS DANOIS, FOULE.

FRANTZEN, *à ses soldats.*

Faites faire place au cortége!

Les soldats refoulent les assistants qui se placent sur les côtés.

THORKEL, *descendant, à Hans :*

Pour quelle heure est donc l'exécution, Hans?

HANS.

Pour midi, mais à onze heures les condamnés doivent faire amende honorable devant la cathédrale.

THORKEL.

Le roi assistera à l'amende honorable?

HANS.

Oui, et à l'exécution. Est-ce que ce n'est pas son habitude?... peut-il y avoir de ces belles fêtes-là sans sa présence?.. et tiens, voici déjà les condamnés qu'on emmène à l'église!..

Dix condamnés précédés de soldats, suivis du bourreau, de ses aides et des moines avec leurs cagoules rabattues, passent lentement de gauche à droite. — La foule les regarde avec recueillement.

THORKEL, à Hans, pendant le passage des condamnés.

Et dire que c'est chaque jour la même chose! qu'est-ce qu'il fait donc de tout ce sang-là, notre roi?

HANS.

Pauvres gens! ils sont courageux!... pas un ne se plaint.

THORKEL.

Oui, c'est le meilleur du sang de la Suède que Christian II fait verser! L'année 1523 finit comme s'est achevée l'année 1522 : par des crimes!

Les condamnés sont passés.

HANS.

Silence, Thorkel... tu sais qu'il ne fait pas bon parler trop haut de ces choses-là dans les rues de Stockholm... Si quelque traître t'entendait... Il me semble avoir vu rôder par ici Ruskoé, le maudit bossu, l'espion du roi... (Regardant à gauche.) N'est-ce pas le comte de Rideberg et sa fille Helwige qui viennent là-bas?

THORKEL.

Oui, c'est lui, le chef du sénat, le premier de nos seigneurs, qui se contente de courber la tête devant tant de malheurs! je te le dis, Hans, la Suède se meurt!

HANS.

Qui sait!

Ils s'éloignent.

SCÈNE II

LES MÊMES, RIDEBERG, HELWIGE.

HELWIGE.

Vous entrez chez le roi, mon père?

RIDEBERG.

Oui! puisqu'il exige que nous lui fassions tous deux cortége à l'exécution d'aujourd'hui. Tu le vois, Helwige... (Thorkel et Hans se sont éloignés sans tourner la tête. — Le théâtre se vide peu à peu...) nul passant ne nous a salués sur notre route, le peuple s'éloigne de nous!

HELWIGE.

C'est qu'il croit que vous et les vôtres acceptez toutes ces cruautés sans révolte... il vous bénira dans quelques jours !

RIDEBERG.

Si nous réussissons! mais Dieu nous fera réussir!

HELWIGE.

Je le crois, mon père, je le crois.

RIDEBERG.

Tu ne m'accompagnes pas?

HELWIGE.

Non! je vais vous attendre sur cette place, car j'aperçois ma nourrice Marthe, à qui je veux donner le bonjour.

Rideberg entre dans le palais. Marthe entre par la gauche en marchant d'un pas pressé.

SCÈNE III

HELWIGE, MARTHE.

HELWIGE.

Bonjour, Marthe.

MARTHE, s'arrêtant et allant à Helwige.

Helwige! ma chère fille! Ah! c'est toujours pour moi une bien grande joie de te voir!

HELWIGE.

Où donc allais-tu de ce pas pressé?

MARTHE.

Où je suis allée hier, où j'irai demain, à la prison, soigner mon fils Karl!

HELWIGE.

Il souffre toujours?

MARTHE.

Oui, cette malheureuse blessure ne se guérit pas! s'il allait en mourir, Helwige?

HELWIGE.

Chasse ces vilaines idées, Marthe, Karl est jeune, il n'a pas vingt ans, à cet âge, la vie ne s'en va pas ainsi!... D'ailleurs, les médecins t'ont rassurée sur la gravité de la blessure?

MARTHE.

Oui, ils m'ont dit que la guérison était certaine... mais est-ce que là-dessus on ne trompe pas toujours les mères! et puis mon pauvre enfant est si mal soigné dans cette prison... il me semble que je le sauverais, moi, si je l'avais chez moi où je pourrais veiller sur lui à toute heure!

HELWIGE.

La conseillère du roi ne veut pas te le rendre?

MARTHE.

La conseillère du roi, Sigebritte Wilm, n'est-ce pas, la Hollandaise comme vous l'appelez, ma compatriote!... Non! d'ailleurs, c'est hier seulement que je me suis décidée à implorer d'elle cette grâce.

HELWIGE.

Et elle n'a point encore répondu à ta lettre?

MARTHE.

Et elle n'y répondra pas! Sigebritte, la véritable reine de la Suède, à présent, a depuis longtemps oublié son amie Marthe Tolben, et Marthe Tolben a été heureuse de cet oubli !

HELWIGE.

Oui, car au moins tu es devenue une bonne patriote toi ! Tu aimes d'un amour sincère, la patrie de ton époux et celle de tes deux fils, tandis qu'elle...

MARTHE.

Elle, n'a que rancune et haine contre le pays qui l'a faite une des puissantes de la terre ? Je l'ai pourtant connue bonne autrefois, quand elle aimait sa fille et j'ai longtemps cru que c'était la mort subite de cette pauvre enfant qui lui avait ainsi gâté le cœur.

HELWIGE.

Non, cette tigresse aime le sang ! elle se sert de la folie du roi pour anéantir ceux que sa dureté a fait justement ses ennemis... Elle veut régner par la cruauté.

MARTHE.

Que Dieu lui pardonne le mal qu'elle fait ici, et celui qu'elle fera encore... Pour moi je ne sais que plaindre les méchants de ce monde... Tu ne me parles pas de Tolben, Helwige ?

HELWIGE.

Je n'osais pas. Tu es toujours sans nouvelles de lui ?

MARTHE.

Non, ces jours derniers, un émissaire secret m'a apporté une lettre de mon fils aîné, il guerroie toujours avec Wasa dont il est devenu comme le second... Ils espèrent tous deux pouvoir tenter bientôt l'attaque projetée.

HELWIGE.

Oui, mais quand ? Wasa veut être notre libérateur, mais il ajourne sans cesse l'heure du combat suprême ! aussi sommes-nous décidés à ne plus l'attendre... et dès demain sans doute, nous essaierons de nous délivrer nous-mêmes ! Les femmes et les enfants combattront aussi, puisque, hélas ! les hommes de cette ville sont déjà aux trois quarts sacrifiés ! — On compte sur toi, Marthe ?

MARTHE.

Non, Helwige, ne me demande rien, et ne me dis pas tes secrets, je ne veux pas les connaître. Je ne suis pas

Suédoise moi, je suis Hollandaise. Mon mari est mort tué par la guerre civile, mon second fils est en prison, blessé, mon fils aîné est peut-être lui-même en ce moment en danger! laisse-moi ne songer qu'à mes enfants, laisse la mère ne songer qu'à ses fils!

HELWIGE.

Oui, tu n'es que mère, toi, et c'est là la différence qui existe entre nous deux, Marthe! Toi, tu es prête à tout sacrifier au repos de tes enfants, moi je suis prête à tout sacrifier au bonheur de mon pays!

MARTHE, la regardant.

C'est vrai, prête à tout lui sacrifier, même l'amour que tu as pour Tolben! même l'amour que tu as pour ton père!

HELWIGE.

Dieu ne m'a pas donné un cœur fait comme celui des autres femmes.

MARTHE.

Si, mais il l'a grandi de toute la religion du devoir et de la justice, tandis qu'il n'a mis dans le mien que l'amour irréfléchi et sauvage de la lionne pour ses petits. Quel avenir nous réservent ces deux immenses tendresses, Helwige, c'est ce que seul Dieu peut savoir? Mais l'heure où je puis voir Karl est sonnée depuis longtemps et j'ai hâte de l'embrasser. Je te quitte, Helwige. A bientôt, ma fille.

Elle l'embrasse.

HELWIGE.

A demain, Marthe!

Marthe sort.

SCÈNE IV

HELWIGE, puis TOLBEN.

HELWIGE, seule.

Oui, elle a dit vrai : prête à tout sacrifier à mon pays malheureux, même l'amour que j'ai pour Tolben, et pourtant Dieu sait si c'est avec foi que j'ai donné mon âme à ce vaillant... Où est-il à cette heure? Il vaudrait mieux pour sa cause qu'il fût en ce moment avec nous. Nous avons besoin d'hommes habitués à la guerre et pouvant, au besoin, guider les autres!... puis il me semble qu'avant que le premier coup de feu de la révolte soit tiré, j'aurais du bonheur à serrer sa main loyale et aimée.

TOLBEN, enveloppé d'un manteau, la tête couverte d'un chapeau, rôde depuis un instant sur la place; — s'approchant d'Helwige.

Helwige!

HELWIGE, avec joie.

Cette voix, toi!.. c'est toi, Tolben? mon Tolben! Ah! Dieu est bon qui t'envoie à moi, il aura eu pitié de mes larmes et de mes prières. Tu n'es pas blessé au moins, tu n'es pas poursuivi?

TOLBEN.

Non! et Dieu est bon en effet, qui me permet de te revoir, Helwige, qui me permet d'entendre ta voix si chère... ce matin encore, je n'espérais pas ce bonheur.

HELWIGE.

Tu n'as pas rencontré ta mère, elle me quitte à l'instant... Elle aussi serait heureuse de te voir.

TOLBEN.

Non! j'arrive de sa demeure, elle était en effet absente. Où donc est-elle allée?

HELWIGE, embarrassée.

Rendre visite à quelque amie sans doute... Tu la retrouveras tout à l'heure dans sa maison. Mais comment as-tu fait pour entrer dans cette ville où la surveillance est incessante?

TOLBEN, gaîment.

Depuis quelques jours j'étais poursuivi par le désir de vous embrasser, toi et ma mère... vous que je n'ai pas vu depuis trois longs mois... Je rôdais autour de la ville, cherchant à y pénétrer, quand ce matin le hasard m'a mis en présence de Ruskoé...

HELWIGE.

Ruskoé! l'âme damnée de la Hollandaise, l'espion du roi!

TOLBEN.

Oui, Ruskoé avec qui j'ai été élevé, dont la mère a été l'amie de la mienne... c'était un brave cœur pourtant, et il a fallu que quelque chose d'extraordinaire se passât dans sa vie pour le décider à devenir si subitement un misérable.

HELWIGE.

Ne cherche pas une excuse à sa perfidie... il y a des êtres très-méchants qui se vengent de leurs difformités sur l'humanité tout entière... Leur âme est vile comme leur corps.... Cette rencontre de Ruskoé nous portera malheur !

TOLBEN.

Non... Ecoute plutôt : aussitôt qu'il m'aperçut il vint à moi humblement et les yeux baissés, il me dit : Tu peux, si tu le veux, me livrer aux Dalécarliens, tes amis. . Vas-tu le faire, Tolben ? — Je le devrais, lui répondis-je, mais tu as été mon frère et mon ami... Vas en paix ton chemin. — Il me prit la main qu'il serra avec force, puis d'un ton joyeux : J'étais sûr de ta réponse, me dit-il, et pour te récompenser prends ceci... et il me glissa en se sauvant un papier dans les doigts... C'était un laisser-passer signé du roi lui-même pour entrer dans Stockholm. Rusten avait deviné juste, c'était bien là en effet tout ce que je demandais en ce moment au ciel et voilà comment je suis enfin près de toi, Helwige, pour quelques heures, voilà comment il va m'être permis dans un instant d'embrasser ma mère et mon frère.

HELWIGE.

C'est une grave imprudence que tu as commise là, Tolben, mais je n'ai pas le courage de te la reprocher. Je t'aime tant, mon Tolben.

TOLBEN, lui prenant la main.

Oui, j'ai foi dans ton amour comme tu as foi dans le mien, n'est-ce pas ? C'est devant le ciel que nous avons juré d'être toujours l'un à l'autre, dussions-nous pour tenir notre serment, attendre jusqu'au jour où Dieu nous rappellera à lui Tu n'as pas de nouveau cherché à fléchir ton père ?

HELWIGE.

Je ne l'ai même point tenté... Est-ce donc toi qui

auras ce courage, au moment où il pleure sur son pays opprimé, de lui apprendre que sa fille a donné son cœur à quelqu'un qui ne peut pas être son époux! Mon père est noble, Tolben, et toi tu es du peuple, et sa religion veut que les siens ne se mésallient pas! Pour le décider à notre union, il faudrait lui dire notre secret et notre secret le tuerait... mais délivre le pays, Tolben, délivre le pays avec Wasa... Alors comme ta victoire t'aura fait notre égal, comme ton dévouement aura suffi à t'anoblir, ce sera mon père qui viendra à toi et qui sera heureux de donner sa fille au libérateur de la Suède!...

TOLBEN.

Soit!... attendons!... et aimons-nous tout bas.. puisque Dieu ne veut pas encore que nous nous aimions tout haut.

HELWIGE.

D'ailleurs, ce n'est pas de nous et de nos amours qu'il doit s'agir aujourd'hui, mais de la Suède et de ses souffrances...

TOLBEN.

La délivrance dont tu parles est prochaine, je l'espère. Chaque jour Wasa fait de nouvelles recrues... Hier encore, les mineurs de Norwége sont venus se joindre à nous...

HELWIGE.

Mais il faudra encore un certain temps avant que vous ne puissiez attaquer Stockholm.

TOLBEN.

Oui.

HELWIGE.

Alors nous avons donc raison d'essayer de l'attaquer nous-mêmes... (Geste de Tolben.) Oui, Tolben, et c'est Dieu qui t'a envoyé aujourd'hui parmi nous au moment où je lui demandais d'accomplir ce miracle. Dans quelques jours, nos amis veulent tenter un soulèvement, espérant qu'encouragé par l'exemple, Wasa se décidera enfin à cet assaut qu'il ajourne sans cesse!

TOLBEN.

Mais c'est une tentavive folle que celle que vous rêvez là... L'armée du roi est presque tout entière en ce moment dans la ville.

HELWIGE.

Dans l'état où Christian II, devenu notre roi par surprise, a mis la Suède, chaque minute de perdue est un ruisseau de sang de plus qui coule ! car tu ne sais pas Tolben, tout ce qui se passe à Stockholm... chaque jour ce sont des exécutions nouvelles... Aujourd'hui encore, tout à l'heure dix têtes des nôtres vont tomber, et pourquoi ! parce que Christian II a rêvé qu'ils étaient les meurtriers de Dywéka ! — de Dywéka, sa maîtresse, morte l'an dernier empoisonnée, croit-il, par la noblesse suédoise... ce qui est un odieux mensonge ! Il aimait cette femme, cet homme, et cette mort a fait du tyran qu'il était déjà un fou sanguinaire... Partout il voit des assassins de celle qu'il a perdue... il lui faut un fleuve de sang pour la venger... La Hollandaise, la mère de Dywéka est là d'ailleurs qui l'excite à ces crimes... celle-là ne songe pas à venger sa fille, elle ne pense même plus à sa mort, mais elle veut continuer à dominer Christian II aux dépens de la vie des Suédois ! elle sait que ceux-ci la haïssent de toute la force de leur amour pour leur pays ! On dirait qu'elle veut comme l'anéantissement général de ce peuple qui désire et demande sa perte comme on désire et comme on demande la perte de qui vous opprime !...

TOLBEN.

Oui, c'est affreux tout cela, c'est affreux !

HELWIGE.

Tu vois donc, Tolben, qu'il faut se hâter. — D'ailleurs, que tu combattes ici ou là-bas, le devoir à accomplir est le même !

TOLBEN.

Oui, et je ferai ce que tu veux que je fasse, Helwige... mais je doute !

HELWIGE.

Et moi, je ne doute pas. Je crois à Dieu et à sa justice, je crois à ma patrie et à son étoile !

Bruit de cloches.

TOLBEN, *remontant.*

Quelles sont ces cloches ?...

HELWIGE.

Ce sont les cloches rouges qui sonnent, les cloches rouges que le peuple a ainsi nommées, parce qu'elles sont teintes du sang des Suédois, et qu'elles annoncent chaque jour la mort de nouveaux condamnés. — Masque bien ton visage, Tolben, voici le roi et la Hollandaise qui se rendent à l'exécution. — Une imprudence coûte la vie aujourd'hui!...

TOLBEN, se cachant le visage avec son manteau, à part.

Dieu serait juste pourtant en nous permettant de délivrer le pays de ce fou et de cette femme!

SCÈNE V

LES MÊMES, CHRISTIAN, SIGEBRITTE, RIDEBERG, suite de SEIGNEURS et de GARDES.

Ils sortent du palais.

CHRISTIAN II.

Merci, messieurs, de votre empressement à vous joindre à nous. Il prouve que vous haïssez nos ennemis comme nous les haïssons nous-même; le ciel, pour nos péchés nous les a fait nombreux, ces ennemis. Malgré toute notre justice et tout notre amour pour nos bien-aimés sujets, chaque jour ils nous tendent de nouvelles embûches; mais nous avons à côté de nous une âme vaillante qui sait déjouer les plus lâches projets. (Il désigne Sigebritte.) Sigebritte, Wilm, messieurs, veille sur notre personne avec tout le soin d'une mère, jalouse de nous conserver intact le pouvoir dont elle nous aide souvent à porter le fardeau... Pour ceux de nos ennemis qui vont mourir tout à l'heure, ils ont mérité la mort pour avoir conspiré contre le bien public et la sûreté de l'État. Remercions Dieu de nous avoir envoyé l'avertissement de leur crime dans un rêve céleste!... Dieu protége le Danemarck et la Suède!...

HELWIGE, bas à Rideberg.

Mon père.. Tolben est là!

RIDEBERG.

Tolben...

HELWIGE.

Oui... (L'empêchant de se retourner.) Prenez garde!... Il vient pour combattre avec nous!

RIDEBERG.

Qu'il soit le bienvenu... C'est un vaillant!

CHRISTIAN.

Venez, messieurs, venez... la mort ne doit jamais attendre!

Ils sortent.

SCÈNE VI

TOLBEN, puis, RUSKOE, puis, THORKEL, HANS, et d'AUTRES SUÉDOIS.

TOLBEN, seul.

Oui, cela serait juste que la Suède fût délivrée de cet insensé cruel, mais le ciel nous permettra-t-il ce prodige? (Rumeurs au fond et les cris : A mort! à mort!) Que se passe-t-il donc?

RUSKOÉ, entrant vivement.

Où me cacher, où fuir? — Ah! Tolben, sauve-moi!

TOLBEN.

Ruskoé!... qu'y a-t-il?

RUSKOÉ.

Il y a qu'au détour du chemin là-bas, des amis à toi m'ont rencontré et reconnu, qu'ils ont ameuté les passants contre moi et qu'ils me poursuivent!

TOLBEN.

Pourquoi donc?

RUSKOÉ.

Pour me tuer!... Sauve-moi, sauve-moi!

TOUS, *entrant.*

A mort! l'espion! à mort!

TOLBEN, *s'avançant et masquant Ruskoé.*

Que voulez-vous faire à cet homme?

THORKEL.

Nous voulons profiter de ce qu'il n'y a pas en ce moment sur cette place de soldats danois, c'est-à-dire de ses amis, pour le jeter par-dessus les remparts!

TOLBEN.

Que vous a-t-il fait?

HANS.

C'est un espion de la Hollandaise?

THORKEL.

C'est un traître qui vend chaque jour son pays et les siens!...

HANS.

Et les traîtres, il faut les exterminer partout où on les rencontre!...

TOUS.

Oui, à mort! à mort!

TOLBEN, *devant lui.*

Cet homme m'a rendu le service le plus grand qu'on pût me rendre... et mon devoir est aussi d'empêcher mes amis de commettre un crime!

THORKEL.

Toi... et qui donc es-tu?

TOLBEN.

Un des vôtres. (*Se découvrant.*) Ne m'avez-vous donc pas reconnu?

THORKEL.

Tolben!... oui, nous te reconnaissons, tu es le fils de Marthe Tolben, une bonne Suédoise et une brave femme! Raison de plus alors pour que tu nous aides à faire justice, il faut des exemples pour effrayer les coquins!

TOLBEN.

Non!

HANS.

Alors, puisque nous sommes en nombre, nous passerons outre! Venez, vous autres!

TOLBEN.

Et je vous affirme, moi, que vous ne toucherez pas à Ruskoé... et si je dois être seul à le défendre contre vous tous, eh bien! je le défendrai seul!...

LE CHEVALIER, qui est entré depuis quelques instants avec Pamphile, et allant vivement du côté de Tolben.

Pardon, monsieur, dites que vous serez deux, ou plutôt que vous serez trois! le chevalier Gérard de Soreuil, Français, que j'ai l'honneur de vous présenter et un de ses amis!... Je ne sais pas de quoi il s'agit, mais j'ai pour habitude quand je tombe dans une rixe de me mettre toujours du côté du plus faible. (Aux Suédois.) Allons, messieurs, passez votre chemin, ou il va pleuvoir des coups d'épée!...

THORKEL.

Eh bien soit, il en pleuvra.

Il remonte.

HANS, regardant à droite.

Alerte! des soldats!

LA FOULE.

Des soldats!

THORKEL.

Soit! le coup est manqué pour cette fois, mais nous te retrouverons...

TOUS.

Nous te retrouverons, Ruskoé!

Ils sortent. Des soldats entrent pour disparaître peu à peu.

SCÈNE VII

TOLBEN, RUSKOÉ, LE CHEVALIER, PAMPHILE.

RUSKOÉ.

Merci, Tolben.

LE CHEVALIER, à Tolben.

Maintenant, monsieur, voulez-vous être assez bon pour me dire quel genre de besogne nous venons de faire et à qui nous avons eu l'honneur de rendre service?

TOLBEN, regardant Ruskoé.

A qui?

RUSKOÉ.

Je le dirai, Tolben. Je me nomme Ruskoé : je suis le serviteur secret de la dame de Sigebritte et du roi Christian II.

LE CHEVALIER.

Un espion?... Ma foi, si j'avais su cela... (A Tolben.) Vous excuserez ma franchise, monsieur... mais j'ai horreur de ce genre de personnage, et j'ai justement fait le serment de les exterminer partout où je les rencontrerais!

PAMPHILE.

Surtout quand ils appartiennent comme celui-ci au pays qu'ils livrent.

LE CHEVALIER, à Ruskoé.

Allez en liberté, monsieur, puisque j'ai dit qu'aujourd'hui je vous défendrais, mais si une autre fois, vous vous retrouvez de nouveau sur ma route, gardez-vous! car je ferai ce que vos compatriotes n'ont pu réussir à faire tout à l'heure. Je débarrasserai la Suède d'un de ses plus perfides et de ses plus lâches ennemis !

RUSKOÉ.

Soit! je me garderai... Adieu, Tolben, et encore une fois, merci ! merci !

Il sort.

SCÈNE VIII

LES MÊMES, moins RUSKOÉ.

LE CHEVALIER, à Tolben.

Quant à vous, monsieur...

PAMPHILE.

Oh! quant à celui-là, monsieur le chevalier, c'est moi-même qui vous le présenterai... messire Tolben... le fils de dame Marthe chez qui nous logeons et qui m'a si charitablement guéri de ma dernière blessure... Parbleu, j'ai bien reconnu le portrait qui est dans la chambre de la bonne madame Marthe.

LE CHEVALIER, tendant la main à Tolben.

Ma foi, monsieur, si c'est vous, enchanté de faire votre connaissance... Pamphile et moi nous entendons parler souvent de votre aimable personne, autant dire toujours. Vous avez le bonheur d'avoir pour mère la plus dévouée et la meilleure des femmes... Je viens de voir tout à l'heure, à votre chaleur à défendre ce Ruskoé, que vous êtes bien de la famille. La bonne dame va être bien heureuse de vous embrasser.

TOLBEN.

Je suis Tolben en effet, et c'est pour avoir aussi la joie d'embrasser ma mère que j'ai risqué ma vie en revenant à Stockholm.

LE CHEVALIER.

Cela vaut ça!... J'espère cependant que vous ne croyez pas que l'un de nous deux abusera de la rencontre pour vous dénoncer... Nous voyageons pour notre plaisir, mais pas pour celui des bourreaux... (Ils se serrent la main.) et puisque la connaissance est commencée, permettez-moi de la continuer... (Montrant Pamphile.) Sigismond Pamphile, mon majordome, devenu mon ami depuis que nous courons le monde de compagnie. Son emploi auprès de moi d'ailleurs n'est pas une sinécure, je vous prie de le croire... Évidemment c'est un mal de famille, mais je ne puis arriver dans un pays où il se commet des injustices sans avoir immédiatement une envie folle de les réprimer... Je n'ai pas besoin de vous dire si à ce jeu Pamphile et moi, nous attrapons force horions! Ce brave garçon en a ramassé un le mois dernier ici-même qui a failli le faire passer de vie à trépas et, sans les soins de votre brave femme de mère, il est probable que cet accident regrettable lui serait survenu.

PAMPHILE.

Regrettable, c'est le mot.

LE CHEVALIER.

Je suis convaincu qu'un de ces jours nous y laisserons chacun notre peau tout à fait, mais que voulez-vous, quand on s'est accoutumé à comprendre les voyages d'une certaine façon... c'est le diable pour changer son genre d'existence!

TOLBEN.

Votre visage loyal et franc ne m'avait pas trompé : vous êtes un brave cœur.

LE CHEVALIER.

Croyez-vous, messire, j'ai bien peur, au contraire, de n'être qu'un grand mal élevé... car le jour où j'ai eu l'honneur d'aller prendre congé du roi François Ier, mon maître, un galant homme, s'il vous plaît, celui-là... Sa Majesté m'a bien recommandé de garder surtout ce que les ambassadeurs appellent la neutralité. La neutralité! tenez, voilà un mot auquel il me sera toujours difficile d'obéir. Rester neutre, quand on voit comme nous l'avons vu l'autre jour bâtonner un pauvre vieillard qui avait osé élever la voix contre ses oppresseurs. — Rester neutre! quand on voit couler le sang d'une foule de braves gens qui n'ont commis d'autre crime que de déplaire à un fou! Rester neutre! quand on voit martyriser femmes et enfants! Allons donc! l'épée sort d'elle-même du fourreau et vous monte à la main, et quand on est Français on oublie toute prudence, on ne se souvient que d'une chose, c'est qu'on porte pour devise : tête légère et cœur généreux!! ce qui fait que je me mêle perpétuellement de choses qui ne me regardent pas! Heureusement que dans quelques jours nous allons repartir pour la France... si nous réchappons, bien entendu, de la dernière irrévérence que nous sommes encore à deux doigts de commettre dans ce pays.

TOLBEN, riant.

Et cette dernière irrévérence?

PAMPHILE, regardant la sentinelle qui est devant le palais.

Silence, il y a un indiscret.

LE CHEVALIER, à Tolben, à voix basse.

Est celle pour laquelle vous êtes certainement entré aujourd'hui secrètement dans Stockholm... Je sais que vous aussi vous haïssez les injustices et que vous avez voué votre vie à la disparition de certain roi despote qui a la folie un peu trop sauvage!

TOLBEN.

Ah! vous savez, et vous avez accepté?

PAMPHILE.

S'il a accepté?

LE CHEVALIER.

Parbleu! est-ce qu'il était possible que nous ne fussions pas aussi de la prochaine conspiration...

PAMPHILE.

Mais nous nous serions fait remarquer?

LE CHEVALIER.

C'est Pamphile qui a eu cette idée... mirifique, on dirait qu'il cherche ces sortes d'affaires, le drôle! afin de se distraire... Evidemment ce que nous faisons là est abominable pour de simples visiteurs et jamais le roi François Ier ne me pardonnera cette infraction aux usages diplomatiques, mais que voulez-vous, Pamphile a raison, voilà deux mois que nous sommes en Suède et nous ne savons vraiment plus comment employer nos journées.

TOLBEN, à Pamphile.

Puisque vous logez chez ma mère, mon ami, vous pouvez peut-être me dire pourquoi, elle qui ne quitte jamais sa maison, elle en est absente aujourd'hui depuis ce matin?

PAMPHILE.

Certainement. Dame Marthe me raconte tout. D'abord elle est allée à la prison de la ville pour voir monsieur votre frère qui est malade.

TOLBEN.

Karl est malade! et c'est à la prison qu'il est soigné?..

PAMPHILE, embarrassé.

Il est malade sans l'être. (Au chevalier qui lui fait signe de se taire.) Non, il faut que messire Tolben sache... il a reçu une blessure.

TOLBEN.

Blessé... et comment?

PAMPHILE.

En se trouvant mêlé par hasard à une bataille de rue qu'un officier danois avait amenée en tourmentant publiquement un pauvre vieux.

LE CHEVALIER.

Oui! car cela rentre, sans doute, dans leurs plans de destruction générale... Chaque jour, les officiers danois provoquent les habitants dans les rues et quand ils sont parvenus à les exaspérer, ils les frappent eux-mêmes en faisant usage de leurs armes.

TOLBEN.

Et mon frère a été blessé?

PAMPHILE.

Par cet officier; simplement parce qu'il demandait grâce pour le vieillard outragé, le brave enfant a reçu un coup d'épée en pleine poitrine. Naturellement, comme il avait raison, c'est encore lui qu'on a arrêté par-dessus le marché, quoique blessé!

TOLBEN.

Mon frère, je cours.

LE CHEVALIER.

Inutile... on ne vous laissera pas entrer, il faut un sauf-conduit pour pénétrer dans la prison.

PAMPHILE.

Et maintenant on n'en donne plus qu'aux femmes.

LE CHEVALIER.

Les cruautés qui s'y commettent finiraient par monter la tête aux hommes!

TOLBEN, avec accablement.

Ah! mon pauvre frère! ma pauvre patrie!

LE CHEVALIER.

Allons, du courage.

PAMPHILE, regardant à gauche.

Et tenez, le voilà cet abominable officier, qui a blessé votre frère.

TOLBEN, s'élançant.

Lui!

LE CHEVALIER, le retenant.

Ah! vous allez rester tranquille, n'est-ce pas, il ne s'agit pas aujourd'hui de se laisser prendre comme de simples alouettes, nous avons mieux que cela à faire dans quelques jours.

TOLBEN.

Vous avez raison, j'attendrai. Oh! mais je vengerai mon frère, je vous le jure! je le vengerai!

Il rabat son chapeau sur ses yeux, et met son manteau.

LE CHEVALIER.

Oui, mais pour cela, il faut de la prudence... Pamphile, ne trouves-tu pas que la vue de ce palais est réjouissante à voir?...

SCÈNE IX

LES MÊMES, ROLLER, DES OFFICIERS DANOIS, puis THORKEL, HANS, et AUTRES SUÉDOIS qui garnissent peu à peu la salle. FRANTZEN et SES SOLDATS.

ROLLER, allant à Tolben.

Permettez, jeune homme, un mot. A votre manteau couleur de muraille monté jusqu'aux oreilles, je vous reconnais pour un bon Suédois. (Aux officiers.) C'est vrai... ils n'aiment plus à nous montrer leur visage depuis quelque temps, ces braves amis... il est vrai qu'en échange ils nous ont montré bien souvent leurs talons autrefois! (A Tolben.) Aidez-nous donc, ces messieurs et moi, à sortir d'un point d'histoire qui touche à celle de votre pays et sur lequel nous disputons depuis un quart d'heure, car un homme d'aussi bonne tournure doit connaître à fond l'histoire de son pays... Est-il vrai qu'à la bataille de Boguesund qui a permis à notre bien-aimé Christian II, roi de Danemark, de devenir également roi de Suède et de Norwége, tous les vôtres demandaient grâce à nos soldats et les suppliaient de ne pas les faire mourir?

TOLBEN, *avec calme.*

La bataille de Bogusund a coûté la vie à dix mille des nôtres, et celui qui nous commandait, le grand Sture, a aussi trouvé la mort sur le champ de bataille!

ROLLER.

Le grand Sture, celui que nous appelons aussi le grand vaincu!... (*Il laisse tomber sa cravache. A Tolben.*) Ramassez-moi donc ma cravache, cher monsieur, que votre mouvement admiratif pour votre ancien administrateur vient de me faire choir. (*Tolben ramasse la cravache et la donne à Roller. — Riant.*) Je me disais aussi: avec une allure comme celle-là on ne peut être que très-complaisant.. Continuez donc, je vous prie, ce petit cours d'histoire instructif... Est-il vrai que ce Sture est justement mort parce qu'il désespérait du courage des Suédois et qu'en quittant la vie son seul chagrin a été de laisser la Suède entre les mains de ses habitants actuels?

TOLBEN, *toujours calme.*

Jean Sture est mort en demandant aux Suédois de venger sa mémoire et sa défaite injuste! Les Suédois feront ce que Jean Sture leur a demandé, ils chasseront les Pharisiens du temple!

ROLLER.

Les Pharisiens, c'est nous, n'est-ce pas?

LE CHEVALIER.

Parbleu!

ROLLER, *aux officiers.*

Vous entendez, messieurs, les Suédois nous traitent de Pharisiens... (*A Tolben.*) Vous êtes prudent, mon jeune ami, mais peu poli! Eh bien! que ne commencez-vous tout de suite... à nous chasser?.. Est-ce que par hasard ce serait ce modeste morceau d'acier qui vous ferait peur? (Il montre son épée. Mouvement de Tolben. — S'avançant vers Tolben.) Allons, rangez-vous! mon brave! et en attendant que vous nous renvoyiez du temple, faites-nous d'abord ici la place qui nous est due!... (Tolben, après avoir hésité un instant, se range sans rien dire. — Riant.) Allons, décidement vous êtes la complaisance même et je suis sûr que vous n'allez pas me refuser le dernier service que je vais vous demander... celui de me montrer votre mystérieux visage...

TOLBEN.

Monsieur...

ROLLER.

Allons, soyez aimable! que diable! et quittez ce vilain chapeau qui dissimule vos traits! Faut-il donc que je vous aide d'ailleurs à vous découvrir devant vos vainqueurs? drôle!

Il lui fait sauter son chapeau du pommeau de sa cravache.

TOLBEN, ne se contenant plus lui arrache la cravache des mains et l'en frappant au visage.

Ah! lâche!

ROLLER, hors de lui.

Ah! misérable! Tout ton sang pour laver cet outrage!

Les officiers et les soldats parmi lesquels Frantzen s'avancent. — Mais le chevalier et Pamphile qui ont mis aussi l'épée à la main se placent devant Tolben et le font disparaître dans le groupe des Suédois qui est derrière eux.

PAMPHILE.

Trop tard!... l'oiseau vient de s'envoler.

ROLLER.

Ah! vous le protégez!

LE CHEVALIER.

Comment cela vous étonne?

PAMPHILE.

C'est notre caractère.

ROLLER.

Feu sur lui!

Les soldats tirent, les Suédois se sont mis à plat ventre, aucun n'est atteint. — Tolben s'enfuit.

LE CHEVALIER, secouant son chapeau et laissant tomber deux balles.

Maladroits! un chapeau neuf.

PAMPHILE.

Capitaine... ça c'est, comme on dit chez moi, des pruneaux tirés pour des prunes. Voyez! pas plus de cravacheur que sur la main!... c'est à croire qu'il aura fondu!

ROLLER.

Courez! à tout prix il faut qu'on me le retrouve!

FRANTZEN.

Inutile, capitaine... il a dû, grâce à ces coquins, gagner les petites ruelles de là-bas et nous perdrions notre temps pour rien!

ROLLER.

Oh! mais il faut cependant qu'on m'ait ce misérable!... (Allant au Chevalier.) Son nom! dites-moi son nom?

LE CHEVALIER, à Pamphile.

Monsieur te demande son nom?

PAMPHILE, tranquillement.

Je crois qu'il s'appelle Auguste.

FRANTZEN, bas à Roller.

Je le connais moi, mais pas un mot... ils l'aideraient encore à s'évader. Depuis ce matin un de nos espions le suit... c'est un des partisans de Wasa, entré on ne sait comment dans la ville... Il s'appelle Tolben et je sais où vous le retrouver cette nuit!...

ROLLER, lui serrant la main.

C'est bien, merci! j'y compte.

Les officiers sortent, coup de canon.

LE CHEVALIER.

Le canon! Qu'est-ce que cela?

THORKEL.

Ce sont les têtes des condamnés qui tombent! A genoux et prions pour ceux qui meurent aujourd'hui injustement!

On s'agenouille.

LE CHEVALIER, a genoux, bas.

Et priez aussi pour ceux qui les vengeront demain !

Les coups de canon continuent.

Le rideau baisse.

ACTE DEUXIÈME

Deuxième Tableau.

Une salle très-simple dans la maison de Marthe. — Deux portes ouvrant sur le dehors, une au fond, une de côté. — Fenêtres à droite et à gauche. Un escalier conduisant à une autre pièce. — Ameublement modeste. — Un prie-dieu.

SCÈNE PREMIÈRE

LE CHEVALIER, PAMPHILE.

LE CHEVALIER, *assis.*

Neuf heures ! dame Marthe rentre bien tard aujourd'hui. Que regardez-vous donc, avec tant d'obstination par cette fenêtre, monsieur Pamphile?

PAMPHILE.

Quelqu'un qu'il me semble bien reconnaître... mais oui, j'en suis sûr à présent, c'est lui !

LE CHEVALIER.

Qui ça?

PAMPHILE.

Le lieutenant de tantôt... Voilà deux ou trois fois qu'il passe devant la maison.

2

LE CHEVALIER, se levant.

Diable! si c'était pour messire Tolben qu'il monte cette garde !

PAMPHILE.

Impossible ! Personne ne l'a reconnu dans la mêlée... Comment auraient-ils deviné son nom et son adresse?... à moins que la Hollandaise n'ait des sorcières attachées à son service...

LE CHEVALIER.

Qu'en sais-tu? Il peut avoir été reconnu et trahi!

PAMPHILE.

Ce que dit là monsieur le chevalier est d'autant plus possible que voici l'espion de tantôt qui rôde de ce côté.

LE CHEVALIER, allant à la fenêtre.

Ruskoé... Ah! par exemple, c'est le ciel qui me l'envoie, celui-là. Je vais lui payer ma dette de la journée... Passe-moi ma canne, Pamphile ?...

PAMPHILE.

Prenez garde, monsieur... ces coquins-là sont souvent armés et capables de tout.

LE CHEVALIER.

Je l'espère bien... Est-ce que tu crois que je vais le tuer sans qu'il se défende!...

PAMPHILE.

Dépêchez-vous; le voilà qui s'éloigne... Où allez-vous donc?

LE CHEVALIER, sautant par la fenêtre.

Je prends le plus court.

PAMPHILE, regardant à la fenêtre.

Ah ! il l'a rejoint ; non. C'est le lieutenant qui s'est placé devant lui... Monsieur le chevalier est prudent, il se dissimule le long du mur. Seulement, pendant ce temps l'autre se sauve !

Ici Ruskoé entre vivement par la porte du fond, écrit un mot debout et le dépose sur la table et sort par la fenêtre de gauche.

PAMPHILE, qui ne s'est pas retourné.

Non ; je le vois toujours, ou si ce n'est pas lui c'est quelqu'un qui lui ressemble bien... Ah ! monsieur le chevalier ne peut être aperçu du lieutenant... le voilà qui se remet en route, il court... il l'a rattrapé. Si l'espion a des parents, je lui conseille de leur adresser ses dernières volontés. (Au chevalier qui rentre vivement par la porte.) Eh bien ?

LE CHEVALIER, entrant par le fond.

Tu ne l'as pas vu ?

PAMPHILE.

Qui ça ?

LE CHEVALIER.

L'espion.

PAMPHILE, étonné.

L'espion ? — Non !

LE CHEVALIER.

Il est entré ici !

PAMPHILE.

Ici ?

LE CHEVALIER.

Oui, nigaud ; pendant que tu étais à cette fenêtre à me regarder m'essouffler, il venait se moquer de toi, dans ton dos...

PAMPHILE.

Oh ! par exemple !

LE CHEVALIER, montrant la table.

Et tiens, la preuve, c'est qu'il a laissé ce papier.

PAMPHILE.

Ce papier ! mais il est ouvert !

LE CHEVALIER, lisant.

« A monsieur le chevalier Gérard de Soreuil. » Le drôle ! il se permet de m'adresser des missives... « Je suis bien forcé de vous écrire puisque vous ne me laisseriez pas vous parler ! Dites bien à votre ami Tolben de ne pas se montrer. On l'a reconnu, on sait qui il est, et on espère le prendre cette nuit chez sa mère ! » Oui, cela vient de Ruskoé ! (Déchirant le papier.) Merci du conseil, mais on n'a que faire des services de ce personnage.

PAMPHILE.

Sans compter que si messire Tolben court toujours, il doit être à l'heure qu'il est dans les environs du Kamchatka !

LE CHEVALIER.

Je l'espère ! (Regardant à la porte.) Ah ! voici enfin dame Marthe !

SCÈNE II

LE CHEVALIER, PAMPHILE, MARTHE.

LE CHEVALIER, allant vivement vers dame Marthe.

Ah ! bonne dame Marthe !Qu'est-ce qui a pu vous retenir dehors jusqu'à cette heure ? Karl n'est pas plus malade ?

MARTHE.

Non ; mais j'ai voulu aller au palais pour essayer de parvenir jusqu'à Sigebritte, lui demander moi-même sa réponse à ma lettre — mon fils est si maltraité dans cette prison ! Mais Sigebritte n'a pas daigné me recevoir. Puis, en route, j'ai appris un nouveau malheur... Tolben, est entré imprudemment aujourd'hui dans Stockholm et s'est laissé aller à cravacher l'officier qui l'insultait, et qui a blessé son frère. — Vous saviez cela, monsieur le chevalier ?

LE CHEVALIER.

Oui, et l'on a dû vous apprendre en même temps alors que messire Tolben était à l'heure présente absolument hors de danger.

MARTHE.

Est-ce bien vrai, monsieur le chevalier ?

LE CHEVALIER.

Oui... car après qu'il eut accompli cette auguste besogne, de cravacher le misérable qui l'outrageait il a pu fuir, grâce à Pamphile et à moi, et à quelques braves Suédois de vos amis .. Maintenant votre fils est certainement de retour au camp de Wasa et nous aurons demain matin de ses bonnes nouvelles par un ami sûr.

MARTHE.

Ah ! Dieu soit loué !

LE CHEVALIER.

Ainsi vous pouvez être tranquille pour cet enfant-là ; quant à l'autre, la Sigebritte ne consent même pas à vous répondre...

MARTHE.

Non, Sigebritte est décidément devenue sans pitié pour tout le monde.

LE CHEVALIER.

Croyez-vous même qu'elle en ait jamais eu pour personne, dela pitié ? Il me semble que les fées qui ont présidé à la naissance de cette femme ont dû lui faire la mauvaise plaisanterie de lui donner un cœur de pierre ; mais vous semblez lasse, bonne dame Marthe ; il faut prendre du repos .. il se fait tard ; d'ailleurs, et les émotions, cela enlève des forces qu'il faut réparer.

MARTHE.

Oui, vous avez raison. Je vais me reposer...

LE CHEVALIER.

Pour nous, nous nous retirons dans notre chambre, car Pamphile me fait l'effet de tomber de sommeil.

PAMPHILE.

C'est vrai. Je dors dans mon haut de chausses !

LE CHEVALIER.

A demain, bonne Marthe. Si vous avez besoin de nous, ne vous gênez pas ; nous dormons tout habillés comme d'habitude, vieille coutume de voyageurs et de conspirateurs... honoraires. Un petit appel pour moi, et un énorme pour Pamphile... Il a le sommeil...

PAMPHILE.

Un peu dur.

MARTHE.

Je vous remercie, mais je n'aurai besoin de rien, je l'espère!... A demain, monsieur le chevalier!

LE CHEVALIER.

A demain, bonne dame Marthe!

MARTHE.

Mais vous me jurez encore...

LE CHEVALIER.

Que votre Tolben est sauvé? Sur ma vie, et même tenez! sur quelque chose d'autrement précieux!... sur la vôtre!

Le chevalier et Pamphile entrent à gauche.

PAMPHILE.

Je dors, mais nous veillons ..

SCÈNE III

MARTHE, puis SIGEBRITTE.

MARTHE seule, allant au prie-dieu et s'agenouillant.

Mon Dieu! prenez en pitié mes deux enfants... écartez le danger qui plane sur eux en ce moment... vous savez que j'ai mis en mes fils toute ma vie et toute mon âme... que pour leur épargner une douleur je donnerais ma vie, et que s'ils mourraient, je mourrai de leur mort. (On frappe à la porte du fond.) On a frappé! Qui donc peut venir à cette heure?

SIGEBRITTE, entrant accompagné de deux pages et de quatre soldats qu'elle congédie d'un geste.

C'est moi, Marthe!

MARTHE, étonnée.

Sigebritte!

SIGEBRITTE.

Oui, tu es surprise de me voir dans ta demeure... pourquoi?... n'es-tu pas ma plus vieille amie?

MARTHE.

Vous, vous chez moi, madame!...

SIGEBRITTE, s'asseyant.

Allons! voyons, te dis-je! ne me traite point avec cette solennité, et parle-moi comme au bon temps. Est-ce que pour toi je puis être autre chose que Marie Sigebritte, l'aubergiste, la femme de Wilm, le colporteur? Te souviens-tu de notre jeunesse? Te souviens-tu de l'heureux temps où nous n'étions que deux pauvres jeunes filles, nous aimant d'une amitié sincère et profonde? Sigebritte et Marthe étaient les inséparables, alors!... et l'on disait en les voyant passer par les chemins, toutes deux entrelacées : si ce n'est la famille qui les a faites sœurs, c'est Dieu qui les a au moins réunies par une même tendresse!

MARTHE.

Vous me parlez de notre jeunesse, Sigebritte, vous vous souvenez de notre amitié d'autrefois?

SIGEBRITTE.

Pourquoi non? — Ne sommes-nous pas cette fois encore compatriotes, puisque la Suède nous est devenue à toutes deux une seconde patrie; mais nous l'aimons chacune à notre manière... toi, tu la voudrais délivrée de son roi et de la conseillère du roi... moi, je la voudrais soumise et obéissante envers ceux qui ne cherchent que son bonheur... c'est ce qui a fait que depuis quatre années c'est la première fois que je te revois, Marthe!...

MARTHE.

Mon mari était Suédois... mes enfants le sont...

SIGEBRITTE.

Et conséquemment tu nous détestes... Eh bien, Marthe, tu ne me détesteras plus, du moins aujourd'hui, car je t'apporte moi-même la réponse à la demande que tu m'as faite; et ton fils Karl te sera rendu!...

MARTHE.

Ah! Sigebritte, merci! merci pour cette grâce!

SIGEBRITTE.

Tu vois que nous savons être cléments, à notre heure, et pourtant ton fils s'était mêlé de choses qui n'étaient pas les siennes... Mais le roi et moi lui faisons grâce de la prison qu'il a méritée, tu pourras le soigner ici tout à ton aise...

MARTHE.

Encore merci, Sigebritte, je voudrais pouvoir reconnaître cette grande bonté, mais je ne suis rien et je ne puis rien.

SIGEBRITTE, *à part.*

Peut-être! (*Haut.*) Hélas! nous voudrions pardonner ainsi à chacun leurs crimes ou leur révolte; mais nos ennemis sont sans pitié, Marthe!

MARTHE.

Ils ne sont pas sans pitié, et s'ils savaient que vous êtes restée bonne et compatissante, ils vous aimeraient et vous béniraient comme je vous aime et vous bénis à cette heure!

SIGEBRITTE.

Oui, tu m'aimes encore, je le crois, et pourtant, s'il le fallait, tu n'hésiterais pas à choisir entre nos ennemis et moi, et si tu les voyais ourdir quelque projet contre ma vie ou celle du roi, tu ne m'en dirais rien.

MARTHE, *se reculant à part.*

Ah! mon Dieu! Que veut-elle donc?

SIGEBRITTE.

Tu ne me réponds pas, Marthe!

MARTHE.

La délation est un crime, et d'ailleurs, nul ne menace votre vie ou celle de Sa Majesté.

SIGEBRITTE.

Crois-tu? Cependant tout à l'heure encore un de nos espions m'assurait que quelqu'un que tu vois souvent, quelqu'un dont la fille a été nourrie par toi, méditait en ce moment comme une nouvelle conspiration contre nous.

MARTHE.

Le comte de Rideberg ?

SIGEBRITTE.

Le comte de Rideberg.

MARTHE, *à part.*

Ah ! c'est pour cela qu'elle a rendu la liberté à mon fils, c'est pour cela qu'elle est venue ? (*Haut.*) Je ne sais pas ce que vous voulez dire, Sigebritte.

SIGEBRITTE.

Peut-être l'accuse-t-on à tort, car, si cela était, il est certain que tu serais la première instruite de ses projets... N'as-tu pas un fils, l'aîné de tes deux enfants, qui erre en ce moment dans la campagne en compagnie de Wasa, et qui est l'amant secret de la fille du comte ?

MARTHE.

Ah ! vous savez cela aussi ?

SIGEBRITTE, *souriant.*

Il le faut bien, puisque le roi compte sur moi pour le défendre contre les embûches qu'on lui tend. Mais, pour celui-là, j'espère qu'il sera reconnaissant de ce que nous avons fait pour son frère et qu'il cessera alors d'être notre ennemi ; autrement, prends garde, Marthe, qu'il ne rentre jamais à Stockholm et qu'il ne devienne jamais notre prisonnier, car il me serait impossible d'arracher sa grâce au roi... Sa Majesté n'aime pas les ingrats.

MARTHE.

Tolben ne rentrera pas à Stockholm.

SIGEBRITTE.

Bien.

MARTHE.

Et Dieu permettra qu'il ne tombe jamais entre leurs mains.

SIGEBRITTE, *regardant autour d'elle.*

Voyons, Marthe : autrefois, si tu avais su que quelqu'un en voulait à ma vie, tu serais pourtant venue m'en prévenir.

MARTHE.

Oui, dans ce temps-là je l'eusse fait... mais je vous répète que personne aujourd'hui ne vous menace.

SIGEBRITTE.

Ah ! soit ! mais tu m'as comprise, Marthe, j'espérais qu'en échange du service que je t'ai rendu, tu allais m'aider à déjouer des projets coupables. Tu réfléchiras, car, qui n'est pas avec nous est contre nous... et le sort de la vie de ton second enfant peut aussi nous appartenir un jour.

MARTHE.

Sigebritte !

SIGEBRITTE.

Tu réfléchiras, n'est-ce pas ? Je reviendrai cette nuit savoir ce que la mère aura décidé ; et si elle veut en effet risquer un jour la vie de son autre enfant... Au revoir !

Elle sort.

SCENE IV

MARTHE, puis KARL.

MARTHE, seule, regardant Sigebritte s'éloigner.

C'est cela qu'elle voulait de moi !... c'est pour cela qu'elle est venue elle-même m'apporter la grâce de Karl. Elle espérait que je lui dénoncerais ceux sur lesquels elle n'a encore que des soupçons... vagues. Elle le ferait donc, elle ?... Allons, décidément elle est devenue une méchante femme.

KARL, apparaissant pâle, à la porte, amené par deux soldats qui se retirent.

Mère !

MARTHE, courant à lui.

Karl ! mon fils !

KARL.

Oui, c'est moi, ma mère ! Ils m'ont mis en liberté

tout à l'heure, et je n'ai pas voulu rester une minute de plus dans cette prison où j'étouffais !

MARTHE.

Oh ! pauvre enfant ! mais c'est peut-être une imprudence que tu as commise là !

Elle le fait asseoir dans un fauteuil.

KARL.

Oui, les médecins ne voulaient pas me laisser partir encore, mais je leur ai désobéi... Je serais mort d'impatience dans mon cachot.

MARTHE.

Si j'avais été prévenue au moins, j'aurais pu aller moi-même te prendre.

KARL.

Pourquoi vous donner cette fatigue ! Je me sentais si fort au départ... d'ailleurs, les soldats qui m'ont amené ont été bons pour moi.

MARTHE.

Tu ne souffres pas en ce moment ?

KARL, *se levant.*

Non ; je suis heureux de rentrer dans notre maison, notre pauvre et cher logis que je craignais tant de ne jamais revoir... Je suis heureux de me sentir libre et délivré de mes geôliers ! (*Avec amertume.*) mes geôliers ! (*Vivement.*) Ah ! vous allez m'aider à guérir vite, n'est-ce pas, ma mère, pour que j'aille rejoindre dans la campagne mon frère Tolben ? Il faut que moi aussi je me venge du mal qu'on m'a fait !

MARTHE.

Oui, oui, je te guérirai, va ! Je vais t'entourer de tant de soins que tu seras vite rétabli ! Mais, dis-moi encore que tu es mieux, mon Karl, car tu es si pâle que cela me serre le cœur de te regarder.

KARL.

Oui, la douleur s'est tue comme par enchantement, depuis qu'on m'a annoncé que j'étais rendu à la liberté. Ah ! c'est que je puis vous le dire, maintenant, ma mère, j'ai cru bien des fois que ma vie allait s'en aller, emportée par la souffrance, et cela me désespérait de penser que je pouvais ainsi une nuit mourir seul dans cette prison sans que vous fussiez là pour recevoir ma dernière larme! vous qui êtes si bonne et dont je me sens tant aimé !

MARTHE.

Mon Karl! mon Karl adoré... mais cela n'était pas possible, vois-tu, que le bon Dieu ait tout à coup cette cruauté de te rappeler à lui! mais tu viens à peine de naître, c'est à peine si j'ai cessé de trembler pour ta santé frêle et délicate. Dieu t'avait condamné dès le berceau et il t'a fait grâce, mon Karl! Pouvait-il ainsi reprendre ce qu'il avait donné à mes ardentes prières!

KARL.

Non, ma mère, non, et je guérirai, grâce à vous...... parce qu'il le faut, parce que je veux guérir...

Geste de douleur.

MARTHE, *vivement.*

Karl!

KARL.

Ce n'est rien; la douleur s'éteint; ah! seulement cette fois il se passe en moi une chose étrange! Il me semble que je suis comme dans un rêve, que ma tête est vide et que mon cœur veut cesser de battre... Ma mère, c'était ainsi que j'étais la nuit où j'ai cru que j'allais mourir.

MARTHE.

Mon fils, que dis-tu donc là, mon Dieu?

KARL.

Ah! c'est une sensation pénible! Je vous sens là, près de moi, j'entends le son de votre voix, et je ne parviens ni à vous voir, ni à vous comprendre!

MARTHE.

Ah! Karl! mon enfant! mon Dieu! Est-ce que tu ne serais revenu que pour me mourir entre les bras? Du secours!... venez! venez vite!

Elle va frapper à la porte du chevalier et de Pamphile.

SCÈNE V

LES MÊMES, LE CHEVALIER, PAMPHILE.

LE CHEVALIER.

Que se passe-t-il donc?

MARTHE.

Mon fils Karl!..... Voyez!...

LE CHEVALIER.

Ah! cette pâleur! va chercher du secours, Pamphile, va!

Pamphile sort vivement.

KARL, se levant avec fièvre.

Ma mère! votre main, donnez-moi votre main, vous voyez bien qu'on me poursuit, qu'on veut me ramener dans cette prison pour m'y tuer plus sûrement... défendez-moi! je veux vivre! je veux vivre!

MARTHE.

Ah! c'est horrible! c'est horrible!

KARL.

Ils sont là; ils m'entourent! oh! les misérables! les lâches qui frappent les faibles!... Mais Tolben les vengera comme je les eusse vengés si mon âme ne s'envolait pas!

MARTHE.

Mon Dieu! mais il va mourir! mon fils va mourir, vous dis-je!

LE CHEVALIER.

Non, ce n'est qu'un instant de délire causé sans doute par la fatigue...

KARL.

Messire, dites à Tolben qu'il faudra qu'il tue ce capitaine, car c'est par lui que je meurs! Ma mère, pardon pour l'immense douleur que je vais vous causer; mais il faut prier Dieu pour moi sur cette terre, car moi je vais le prier pour vous là-haut! adieu, ma mère! adieu!

Il meurt.

MARTHE, se penchant sur lui.

Ah! Karl! mon fils! non cela n'est pas vrai! tu ne vas pas mourir! ton âme ne va pas s'échapper comme cela subitement! parle-moi, mon Karl! parle-moi! Mais, pense donc à tout ce que j'ai fait pour que tu vives; aux nuits que tu m'as prises, aux larmes que tu m'as coûtées... tu te souviens qu'autrefois, quand tu pâlissais ainsi, je devenais folle! parle-moi, mon Karl! parle-moi! mais tu sais bien que ta mort me ferait mourir, et toi qui m'aimes tant, qui ne vis que pour me chérir, tu ne voudrais pas me tuer brusquement, pendant que je suis là sanglotant de désespoir à tes pieds. Non, tu n'es pas mort, n'est-ce pas, et tu vas me parler et me sourire comme tu me souriais et me parlais tout à l'heure?

LE CHEVALIER.

Hélas! pauvre femme! tout est fini! votre fils n'est plus!

MARTHE, avec un cri.

Ah! mon enfant, mon enfant!

SCÈNE VI

LES MÊMES, TOLBEN.

TOLBEN, qui est entré depuis un instant, amené par Pamphile s'avançant.

Et si j'arrive trop tard pour recevoir le dernier soupir de mon frère, je n'arrive pas trop tard pour le pleurer avec vous!

MARTHE.

Ah! Tolben! mon fils! oui, tu viens trop tard pour le sauver! tu viens trop tard pour empêcher Dieu de nous le reprendre! notre pauvre enfant est mort, Tolben, il est mort!

TOLBEN, s'agenouillant devant Karl.

Adieu, mon frère! que Dieu te reçoive dans sa miséricorde infinie, tu étais une âme courageuse et bonne!

LE CHEVALIER.

Les portes de la vie éternelle s'ouvriront devant lui. (On met le corps de Karl sur le lit.) Tolben! mais pourquoi êtes-vous venu ici?

TOLBEN.

Parce que je ne voulais pas m'éloigner sans avoir embrassé ma mère et Karl, et vous voyez que c'est le ciel qui a voulu que j'arrivasse à temps pour donner à mon frère le dernier baiser.

LE CHEVALIER.

Ne craignez-vous pas d'avoir été suivi?

TOLBEN.

Non; je me suis glissé le long des murailles et la nuit est noire.

PAMPHILE, indiquant la fenêtre.

Et ce satané lieutenant qui n'a cessé de faire le guet.

LE CHEVALIER.

Eh bien, à présent, il faut partir, Tolben! la prudence l'exige; c'est ici justement que l'on a l'espoir de vous prendre et j'aime à croire que vous voulez vendre votre vie plus chèrement que cela à la Hollandaise.

TOLBEN.

Oui, vous avez raison, plus chèrement que cela! et je pars. (A Marthe.) Adieu, ma mère!

MARTHE, anéantie.

Tolben! déjà? tu m'abandonnes?

TOLBEN.

Je resterai si vous le voulez, ma mère!

LE CHEVALIER.

Non; cela serait absolument imprudent; dans sa douleur, madame Marthe oublie que vous êtes proscrit et poursuivi.

MARTHE.

C'est vrai, chacun de mes enfants était en effet en danger ; l'un est mort, et l'autre peut mourir demain tué par les mêmes bourreaux. Va-t'-en, mon Tolben, va-t'en !

TOLBEN.

Embrassez-moi, ma mère, je ne demande pas à Dieu qu'il vous console ; on ne se console pas d'une douleur pareille ! — Je lui demande qu'il vous fasse assez forte pour la supporter.

MARTHE.

Il me donnera ce courage, Tolben, il me le donnera, surtout quand je te saurai loin d'ici, et hors de leurs atteintes... Ah ! c'est qu'elle me l'a dit : rien ne lui arracherait ta grâce ! Et je n'ai plus que toi, maintenant. Va-t'-en, va-t'en !

Tolben va pour partir, on frappe à la porte.

LE CHEVALIER.

On a frappé !

TOLBEN.

Oui. Attendiez-vous quelqu'un à cette heure ?

MARTHE.

Sigebritte !... Mais ce ne peut être encore elle !

LE CHEVALIER.

Attendez, par les fentes de la porte on peut voir.

Il va regarder.

PAMPHILE.

Ah ! le lieutenant et des soldats !

LE CHEVALIER.

C'est pour vous qu'ils viennent, Tolben... Vous aurez été aperçu ou trahi... fuyez.

TOLBEN.

Fuir, oui ; par où ?

MARTHE.

C'est vrai, cette maison n'a que deux issues, et toutes deux doivent être gardées.

PAMPHILE.

Oui, elles le sont.

MARTHE.

Ah ! mon Dieu ! mais est-ce qu'ils vont me prendre mon autre enfant à présent !... Ah ! là, dans ma chambre, (Elle indique la pièce où l'on arrive par un escalier.) derrière mon lit, une alcôve secrète !... va, va !... et n'en sors qu'à ma voix.

LE CHEVALIER.

Vous nous le promettez, ami Tolben ?

TOLBEN.

Je vous le promets, chevalier.

Il monte l'escalier, et entre dans la chambre.

FRANTZEN, au dehors, frappant à coups redoublés.

Pour la troisième fois, ouvrirez-vous ou nous enfonçons la porte?

PAMPHILE.

Nous ouvrons, messieurs, nous ouvrons.

SCÈNE VII

LES MÊMES, moins TOLBEN, FRANTZEN, RUSKOÉ, UNE DIZAINE DE SOLDATS,

Ruskoé entre le premier.

LE CHEVALIER.

L'espion ! je me doutais bien qu'il y avait une trahison dans son envoi d'aujourd'hui.

RUSKOÉ, à Frantzen.

Vous savez ce que vous avez à faire.

FRANTZEN, entrant, à Marthe.

Bonne femme!

LE CHEVALIER.

Silence, monsieur, et respect au mort !

Frantzen et les soldats se découvrent.

FRANTZEN.

Respect au mort, oui. Cependant vous n'étiez pas seuls dans cette chambre, quelqu'un était avec vous, il n'y a qu'un instant.

LE CHEVALIER.

Qui cela, monsieur ?

FRANTZEN.

Le fils aîné de cette maison... Tolben, que j'ai ordre d'arrêter... et que j'y ai vu entrer de mes propres yeux.

LE CHEVALIER.

Vous vous trompez, lieutenant, monsieur Tolben n'est pas ici.

FRANTZEN.

Et moi, je vous dis qu'il y est caché, sans doute. Ne m'obligez pas devant ce cadavre à quelque violence.

LE CHEVALIER.

Encore une fois, monsieur, messire Tolben n'est pas dans cette maison.

MARTHE.

Non, messieurs. Depuis trois mois je n'ai pas embrassé mon fils, et il n'est même pas venu aujourd'hui donner le dernier adieu à son frère qui vient de mourir.

FRANTZEN.

Eh bien, c'est donc pour nous forcer à chercher. Soit ! (A ses soldats.) Battez les murs, vous autres, et regardez bien partout. (Les soldats commencent leurs recherches et entrent dans différentes pièces.) Qu'y a-t-il dans cette chambre ?

PAMPHILE.

Rien, lieutenant, c'est la mienne.

FRANTZEN.

Ouvrez la porte !

PAMPHILE.

Ah! lieutenant! excusez ma pudeur de locataire... j'allais me mettre au lit, et ma chambre n'est pas présentable.

FRANTZEN.

Mille diables! obéissez! eh bien?

Un soldat entre dans la chambre.

UN AUTRE SOLDAT, *sortant d'une autre pièce.*

Rien.

RUSKOÉ.

Etes-vous bien certain de l'avoir vu entrer?

FRANTZEN.

Certain. Et dans celle-ci?

Désignant la porte de l'escalier.

MARTHE, *se mettant devant lui.*

Je vous répète que mon enfant n'y est pas, et comment y serait-il venu puisqu'il est proscrit et ne peut entrer à Stockholm?

FRANTZEN.

Nous allons bien voir!

Il entre avec deux soldats.

LE CHEVALIER, *bas à Marthe.*

Vous êtes sûre de votre cachette?

MARTHE, *bas.*

Oui, si Tolben ne commet pas d'imprudence.

FRANTZEN, *ressortant.*

Rien! Toujours rien.

LE CHEVALIER, *bas.*

Sauvé!

FRANTZEN.

Allons! C'est affaire à vous! Vous devez l'avoir fait glisser dans quelque trou invisible qui nous échappe, mais qui ne nous échappera plus longtemps.

RUSKOÉ.

Vous pouvez vous retirer, il n'est pas ici.

FRANTZEN.

Non pas. J'ai promis au capitaine Roller de lui retrouver son insulteur coûte que coûte, cet homme est ici, et je l'aurai mort ou vivant. (Au chevalier.) Encore une fois, voulez-vous me livrer le coupable?

LE CHEVALIER.

Monsieur Tolben n'est pas dans cette maison, je vous le répète, monsieur.

FRANTZEN.

Alors, vous l'aurez voulu. (A ses soldats.) Mettez le feu à la maison.

MARTHE.

Mon Dieu!

LE CHEVALIER, vivement.

Lieutenant, vous ne ferez pas cela!

FRANTZEN.

C'est décidé. (A ses soldats.) Allons! un fagot dans toutes les pièces et que ça flambe à l'instant même!

MARTHE, bas au chevalier.

Mais il est perdu! (Haut.) Ah! monsieur! au nom du ciel! vous n'allez pas commettre une infamie pareille! Songez au cadavre de mon enfant qui est là!

FRANTZEN.

Trop tard, bo ne femme!

Des soldats armés de fagots entrent dans chaque pièce, d'autres montent l'escalier et vont dans la chambre où s'est réfugié Tolben.

LE CHEVALIER, bas à Marthe.

Comment faire pour l'aider à s'échapper?

MARTHE.

Impossible! il ne peut sortir de sa cachette que pour passer dans cette salle. (L'incendie commence. — A Ruskoé.) Voyons, toi qui as été l'ami de mon fils, toi dont j'ai connu la mère, toi qui n'as qu'un mot à dire à ces hommes, fais quelque chose pour Tolben, fais quelque chose pour celui que tu aimais autrefois!

Ruskoé courbe la tête sans répondre.

LE CHEVALIER.

Le misérable!

FRANTZEN.

Nous direz-vous où est votre fils?

MARTHE.

Est-ce qu'une mère peut livrer son enfant?

FRANTZEN.

Regardez alors!

L'incendie augmente.

MARTHE.

Ah! les flammes! mon fils va mourir! (Se précipitant.) Tolben! mon enfant!

TOLBEN, les habits en désordre et brûlés sortant de la chambre.

Ma mère!

MARTHE, se jetant dans ses bras.

Ah!

RUSKOÉ, à part.

Lui! ici!...

FRANTZEN.

Je savais bien, moi, que nous finirions par le faire sortir.

L'incendie s'éteint peu à peu.

TOLBEN, à Marthe.

Entre deux supplices, pardonnez-moi, ma mère, d'avoir choisi celui qui a lieu au grand jour et devant tous.

FRANTZEN.

Tolben, au nom du roi, je vous arrête.

TOLBEN.

Je suis prêt à vous suivre, monsieur.

MARTHE, se mettant devant lui.

Oh! mais c'est abominable! (A Frantzen.) Non, vous ne ferez pas cela, vous ne ferez pas cette chose monstrueuse, de prendre le dernier fils d'une pauvre femme qui vient d'en voir mourir un sous ses yeux! m'arracher deux enfants! c'est trop, mon Dieu! c'est trop!

TOLBEN.

Ma mère, du courage. Dieu m'est témoin que ce n'est pas ainsi que je souhaitais de finir. Je voulais venger Karl. Maintenant ce sera à nos amis de venger les deux frères ensemble! (Regardant le chevalier.) Mais soyez tranquilles, je suis sûr que c'est là un devoir qu'ils accompliront avec ferveur!

LE CHEVALIER.

Oh! oui, avec ferveur, je vous le jure.

FRANTZEN, au chevalier et à Pamphile.

Quant à vous, messieurs, il faut m'accompagner aussi. Vous avez aidé le coupable à se cacher, c'est encore un crime qui se punit.

LE CHEVALIER.

Mais nous sommes Français, monsieur, et n'avons de compte à rendre qu'à nos chefs légitimes...

FRANTZEN.

C'est ce que décidera le commandant qui se bornera sans doute à vous interroger. (A Tolben.) Venez, monsieur, venez!

Ruskoé reste en scène.

TOLBEN.

Adieu, ma mère! adieu!

MARTHE.

Ah! mon fils!

LE CHEVALIER.

Allons, monsieur Pamphile... et ne pouvoir rien pour eux!

Sortie de Frantzen, Tolben, le chevalier, Pamphile et les soldats.

RUSKOÉ, allant à Marthe.

Marthe!

Il s'arrête à la vue de Sigebritte et sort sur un regard d'elle.

SCÈNE VIII

MARTHE, puis SIGEBRITTE.

MARTHE.

Mes fils!... Karl! Tolben! Mais c'est horrible! Dieu! c'est horrible!

SIGEBRITTE, dans l'encadrement de la deuxième porte.

Marthe!

MARTHE, se levant.

Ah! Sigebritte, rends-moi mon fils! rends-moi mon fils!

SIGEBRITTE.

Ton fils Tolben, qu'on arrête, n'est-ce pas?

MARTHE.

Oui, qu'on arrête, quand le cadavre de son frère est encore là!

SIGEBRITTE.

Je t'avais bien dit, Marthe, qu'un jour Tolben serait en danger de mort, et que le sort de sa vie serait entre mes mains.

MARTHE.

Non, tu n'auras pas cette cruauté, tu ne seras pas inhumaine à ce point; Sigebritte, au nom du Dieu tout-puissant, au nom de ta fille que tu as aimée, laisse-moi vivre celui-là!.... laisse-le moi vivre!

SIGEBRITTE.

Allons, donnant donnant, cette fois! Ce que tu sais de la conspiration du comte Rideberg contre la vie de Tolben?

MARTHE.

Mon Dieu! c'est vous qui me tentez, et je vois bien que c'est comme le hasard qui me jette dans tes mains et qui vient t'aider à faire de moi ce que tu voulais en faire.

Mais tu ne pousseras pas le crime jusque-là... tu ne me vendras pas la vie de mon fils au prix d'une infamie!

SIGEBRITTE, avec force.

Ce que tu sais de la conspiration de Rideberg contre la vie de Tolben?

MARTHE.

Ah! voilà donc le forfait que je devais commettre, un jour par amour pour mes enfants! Mais non, aie pitié de moi, Sigebritte, impose-moi d'autres tortures, fais-moi mourir à la place de Tolben, mais ne m'oblige pas à la délation, ne m'oblige pas à cela!

SIGEBRITTE.

Demain tu nous auras dit tout ce que tu sais, ou demain ton fils sera mort!

MARTHE.

Eh bien soit, à demain! si d'ici là Dieu n'a pas eu compassion de moi et si l'on ne m'as pas trouvée morte de douleur sur le cadavre de mon enfant!

Elle tombe aux pieds de Karl, Sigebritte s'éloigne.

Le rideau tombe.

ACTE TROISIÈME

Troisième Tableau.

Au bord de la mer. Rochers à droite et à gauche. — La mer au fond. Dans le lointain une échappée de la rade de Stockholm.

SCÈNE PREMIÈRE

RIDEBERG, LE CHEVALIER, PAMPHILE, THORKEL, HANS, Conjurés Suédois, MARTHE, HELWIGE, Suédoises.

Au lever du rideau, les conjurés enveloppés de manteaux, forment différents groupes. — D'autres entrent sans bruit et se réunissent aux premiers arrivés. — Il fait nuit. — Deux conjurés montés sur les rochers veillent. — Ils ont des lanternes.

RIDEBERG.

Je crois qu'il n'est pas prudent que nous continuions à rester en cet endroit... où nous sommes déjà trop nombreux... D'ailleurs, le couvre-feu va sonner, et il est temps que chacun se rende, par un chemin différent, à son poste respectif.

LE CHEVALIER.

Peut-être même, vaudrait-il mieux qu'on espaçât les

groupes et que chacun d'eux ne s'éloignât d'ici que l'un après l'autre.

RIDEBERG.

Vous avez raison... nous devons éviter tout ce qui peut éveiller l'attention des patrouilles danoises.

Il remonte. Des groupes commencent à sortir de différents côtés, et par intervalles comptés.

HELWIGE, *à Marthe qui est silencieuse dans un coin.*

Ainsi, Marthe, c'est donc vrai que la Hollandaise t'a rendu Tolben?

MARTHE

Oui, cela est vrai! Elle m'a rendu le dernier enfant qui me restât!

HELWIGE.

C'est une bonne nouvelle cela. Et Tolben va venir?

MARTHE.

Il viendra nous rejoindre à l'auberge des Patriotes où ton père, toi et moi devons nous réunir avec d'autres! — Il est en ce moment à la Taverne Royale, occupé à se concerter une dernière fois avec ceux de nos amis qui s'y trouvent.

HELWIGE.

Allons, la Hollandaise a gardé pour toi un reste d'amitié!

MARTHE, *avec amertume.*

Oui, tu l'as dit, Helwige, un reste d'amitié!

HELWIGE.

Mais tu parais souffrir, Marthe! Il me semble que la délivrance inespérée de ton fils, après le cruel outrage qu'il avait fait à ce soldat, devrait te rendre plus joyeuse.

MARTHE, *embarrassée.*

Il n'y a que quelques heures que Karl est mort, et je pleure encore mon second fils!

HELWIGE.

Ah! c'est vrai! pardon, Marthe, pardon!

Elle remonte.

MARTHE, à part.

Oui, je pleure Karl et je pleure aussi sur moi! — Elle a été implacable la femme sans âme! Misérable lâche que je suis! misérable lâche!

RIDEBERG.

C'est notre tour à partir, Helwige... Nos amis sont déjà sans doute réunis là-bas, et nous attendent!

HELWIGE.

Partons, mon père! Viens, Marthe!

MARTHE.

Me voici. — Oui, me voici.

PAMPHILE, regardant à gauche.

Arrêtez!... Là-bas... au bout de ce sentier deux officiers danois viennent à nous!

LE CHEVALIER, regardant.

Oui!... et du diable!... ce sont justement le capitaine provocateur et le lieutenant incendiaire d'hier... il ne faut pas que ceux-là nous voient surtout.

RIDEBERG.

Oui, mais comment faire?... Ils vont suivre, évidemment, le même chemin que nous et nous apercevoir.

LE CHEVALIER.

Attendez... Sont-ils seuls, maître Pamphile, ces deux officiers... vous qui avez une vue de jaguar?

PAMPHILE, regardant.

Ils me font cet effet... ils se promènent le long de la mer en rêvant... comme deux simples poëtes.

LE CHEVALIER.

Alors, partez en toute sécurité, monsieur le comte. Je me charge de retenir ces deux indiscrets le temps qu'il sera nécessaire... Combien vous faut-il pour gagner l'auberge?

RIDEBERG.

Cinq minutes...

LE CHEVALIER.

Je vous les donne!... et dans cinq minutes je vous aurai rejoint... Allez, allez, et ne perdez plus un instant !

SCÈNE II

LE CHEVALIER, PAMPHILE, puis ROLLER, et FRANTZEN.

LE CHEVALIER.

Quant à vous, maître Pamphile, prenez ma montre, je désire que nous ne dépassions pas les cinq minutes demandées... Vous savez qu'en ces sortes d'affaires la ponctualité est une de mes coquetteries...

PAMPHILE, prenant la montre.

Je sais cela, monsieur le chevalier... mais je connais Votre Seigneurie... Je suis sûr qu'il nous restera encore du temps pour être polis avec ces messieurs.

LE CHEVALIER.

Les voici ! attention.

Ils restent immobiles, barrant le chemin du sentier. Roller et Frantzen entrent en causant sans les voir.

ROLLER.

Vous êtes sûr de ce que vous racontez, Frantzen?

FRANTZEN.

Oui : la dame de Sigebritte n'a mis ce Tolben en liberté que sous la condition que je viens de vous dire. Nous avons ordre de le respecter pendant la lutte, si lutte il y a, mais ensuite il vous sera loisible de faire de lui ce que bon vous semblera.

ROLLER.

C'est bien! (Levant la tête et apercevant le chevalier et Pamphile, qui, restés à côté l'un de l'autre, n'ont pas bougé.) Que font là ces deux hommes qui nous barrent le chemin?... Nous écoutaient-ils?

FRANTZEN.

Peut-être!... Il est facile de s'en assurer.

ROLLER.

Allez!

FRANTZEN.

Ah! ah!... (Il va à eux.) Que faites-vous ici, vous autres?

LE CHEVALIER.

Vous le voyez, lieutenant; mon ami et moi, nous humons l'air de la mer, par ordonnance du médecin.

PAMPHILE.

Du médecin... à cause de mes vapeurs!

FRANTZEN, les regardant de plus près.

Mais je vous reconnais.

LE CHEVALIER.

Ah! il nous reconnaît.

FRANTZEN.

Vous êtes les deux Français de cette nuit que notre commandant n'a pas osé garder!

LE CHEVALIER.

Oui, il a eu cette déférence pour notre roi François Ier et ses flottes. J'espère, du reste, raconter son acte de bonne éducation à Sa Majesté, et nul doute qu'elle ne se hâte de lui envoyer un ou deux cordons de ses différents ordres. (A Pamphile.) L'ordre de la potence... Combien encore de minutes?

PAMPHILE.

Quatre et demie.

LE CHEVALIER.

Nous avons le temps!

ROLLER.

Est-ce que vous avez entendu ce que le lieutenant et moi nous avons dit tout à l'heure?

LE CHEVALIER.

S'il vous plaît?

ROLLER.

Je vous demande si vous avez entendu ce que le lieutenant et moi, nous nous sommes dits tout à l'heure?

LE CHEVALIER, à Pamphile.

Est-ce que tu as entendu?

PAMPHILE.

Non! je pensais à mes amours.

LE CHEVALIER.

Pardon, mais je ferai remarquer à votre... capitainerie qu'elle m'accuse là d'écouter aux portes... en plein air... C'est déjà beaucoup!

PAMPHILE.

C'est beaucoup!

ROLLER.

Il ne s'agit point de plaisanter, ce n'est ni l'endroit ni le moment.

LE CHEVALIER.

Mais il me semble que tous les moments et tous les endroits sont bons pour rire un peu. La vie vous paraît donc bien gaie, capitaine, que vous ne saisissiez pas aux cheveux l'occasion de l'égayer de temps à autre? (A Pamphile.) Combien de minutes?

PAMPHILE, regardant la montre qu'il tient à la main.

Quatre.

LE CHEVALIER.

Nous avons le temps.

FRANTZEN.

Allons! trêve de hâbleries, Français vantard!

PAMPHILE et LE CHEVALIER.

Ah!

FRANTZEN.

Et répondez. Nous avez-vous entendus, oui ou non?

LE CHEVALIER.

Pardonnez-moi tout d'abord, cher monsieur, de répondre à une question par une autre question. Vous allez voir que tout a une raison d'être en ce monde. Si, par hasard, nous avions en effet entendu la conversation que vous avez tenue le capitaine et vous, qu'est-ce que vous auriez résolu de faire de nos modestes personnes?

ROLLER.

Ce que nous en ferions, parbleu! mais nous vous tuerions!

FRANTZEN.

Voilà.

LE CHEVALIER.

Vous nous tueriez tous les deux?

ROLLER.

Tous les deux.

PAMPHILE.

Tous les deux.

FRANTZEN.

Car il est des paroles que d'ici au lever du soleil il était imprudent d'écouter.

ROLLER.

Très-imprudent.

LE CHEVALIER.

Oh! lieutenant! oh! capitaine! comment deux gentilshommes comme vous se commettraient de gaîté de cœur avec un simple chevalier français et un humble majordome? Allons donc! je ne souffrirais pas tout au moins une de ces deux mésalliances. Place, Pamphile, je t'en prie, et vous, messieurs, ne parlez donc qu'à moi seul.

PAMPHILE.

Toujours gourmand, monsieur le chevalier. — Oh ! ces maîtres !

ROLLER.

Alors vous avez entendu ?

LE CHEVALIER.

Tout !

PAMPHILE, à part.

Pas un mot !

LE CHEVALIER.

C'est au point que maintenant la chose est tellement gravée, là, dans ma mémoire, qu'il faudra m'arracher la tête avec pour que je ne répète pas demain vos paroles dans tout Stockholm !

FRANTZEN.

Alors, en garde !

LE CHEVALIER.

Oh ! permettez, lieutenant !... Au capitaine d'abord ! Je suis pour la hiérarchie, moi !... Allons, capitaine, puisque le cœur vous en dit : A vous... ou plutôt pardon ! à moi l'honneur !

ROLLER, l'épée à la main.

Soit, monsieur, et défendez-vous bien, car maintenant que vous savez notre secret il faut que dans quelques minutes vous soyez mort !

LE CHEVALIER.

Tiens ! c'est tout à fait mon cas... en ce qui vous concerne. Décidément nous étions nés pour nous comprendre ! (A Pamphile.) Combien de minutes ?

PAMPHILE.

Trois.

LE CHEVALIER.

Nous avons le temps ! (Ferraillant.) Tenez, monsieur... puisque nous ne sommes pas pressés, je vais pouvoir vous montrer un coup que j'ai rapporté d'Italie.

ROLLER.

D'Italie !

LE CHEVALIER.

Oui, j'ai beaucoup voyagé. C'est une botte essentiellement secrète qui se joue en trois coups... comme la partie de dés : la première manche, la seconde et la belle.

ROLLER.

Allons, monsieur!

LE CHEVALIER.

Vous allez voir, monsieur, comme on est tué agréablement.

PAMPHILE.

C'est un plaisir.

LE CHEVALIER.

Tenez : premier coup : je vous attaque en tierce et je vous touche, mais légèrement : première manche... second coup : je vous attaque en quarte... vous essayez de me toucher..., mais vous ne pouvez pas... Seconde manche... Quel dommage, monsieur, de mourir à votre âge : vous étiez pourtant d'une belle venue... Troisième coup : je vous attaque !... (S'arrêtant.) Pardon, monsieur, où désirez-vous tomber ? là ou là ? Vous avez le choix.

ROLLER.

Allons !

LE CHEVALIER.

Alors la belle... Je vous attaque en quinte, vous ripostez en prime et je vous touche à fond, comme ceci.

ROLLER, tombant.

Ah !

LE CHEVALIER, à Pamphile.

Combien de minutes ?

PAMPHILE, regardant sa montre.

Deux !

LE CHEVALIER.

Nous avons le temps. Monsieur, quand il vous fera plaisir.

FRANTZEN.

Oh ! je vais venger mon ami... je vous le jure !

LE CHEVALIER, ferraillant.

Vous y aurez d'autant plus de facilité, cher monsieur, que vous venez d'assister à la leçon que je viens de donner et à laquelle je ne changerai pas un iota ! mais je suis là monsieur... Toujours en trois coups ! comme tout à l'heure ! — Je vous attaque en tierce, monsieur, et je vous touche... faiblement. Je vous attaque en quarte, monsieur... Vous essayez de me toucher mais vous ne pouvez pas !... seconde manche — Je vous attaque... (S'arrêtant.) Vous n'avez pas quelques instructions suprêmes à me donner ?

FRANTZEN.

Allons, dépêchons, bavard ! j'ai hâte d'en finir !

LE CHEVALIER.

Mais vous allez en finir, monsieur. — Vous ne voulez pas profiter du temps qui vous reste ? — non.

FRANTZEN.

En garde ! ou je te frappe de mon épée au visage !

LE CHEVALIER, à Pamphile.

Combien de minutes?

PAMPHILE.

Une.

LE CHEVALIER, ferraillant.

Alors c'est donc pour vous obéir ! La belle ! attaque et quinte, vous parez prime... et je vous touche !

FRANTZEN, tué, tombe.

Ah !

PAMPILE, sa montre à la main.

Juste l'heure !

LE CHEVALIER.

On ne pourra pas dire que je suis un monsieur qui flane en route... A l'auberge, Pamphile, à l'auberge, car l'exactitude est une de mes politesses !

Ils gravissent les rochers pour sortir. — Pendant qu'ils montent, on voit un homme paraître descendant des rochers de droite, une lanterne sourde à la main. — Il aperçoit les deux hommes tués. pose sa lanterne sur un morceau de roc qui se trouve derrière les cadavres. — C'est Ruskoé.

SCÈNE III

Les Mêmes, RUSKOÉ.

RUSKOÉ, se croyant seul.

Roller ! Frantzen ! C'est bien eux ; morts... bien morts ! Et voilà !... Qu'avez-vous donc fait de votre arrogance et de votre cruauté, messire capitaine ? .. vous qui m'insultiez et me frappiez comme les autres !

Il laisse échapper un rire étrange. — A cet instant le chevalier et Pamphile reparaissent sur un endroit des rochers. — Ils s'arrêtent.

LE CHEVALIER.

Je ne me trompe pas... Pamphile ?...

PAMPHILE.

Monseigneur ?...

LE CHEVALIER.

Cette ombre que j'aperçois là-bas... c'est...

PAMPHILE.

L'espion... en personne, oui, monsieur le chevalier.

LE CHEVALIER.

Pardieu ! puisque nous sommes en train de faire de la bonne besogne, faisons-la complète.

Ils redescendent des rochers et s'approchent peu à peu de Ruskoé qui a remis son manteau, pris sa lanterne, et regarde une dernière fois les hommes. Il va pour sortir.

LE CHEVALIER, lui touchant l'épaule.

Hé! l'ami!

RUSKOÉ, se retournant épouvanté.

Les deux Français!

LE CHEVALIER.

Vous êtes donc de la race des chacals, monsieur Ruskoé, que vous rôdez autour des cadavres?... La vue de ces hommes paraît vous réjouir... Ils servaient pourtant la même cause que vous.

RUSKOÉ.

La même cause?

LE CHEVALIER.

Oh! celle-là ou une autre qu'importe! vous vous vendez au plus offrant: cela dépend de la somme.

RUSKOÉ.

Chacun son métier... Que voulez-vous de moi?

LE CHETALIER.

Ce que je veux... Eh bien, je veux profiter du hasard qui me fait te retrouver sur mon chemin pour t'envoyer rejoindre tes dignes compagnons.

RUSKOÉ.

Vous voulez me tuer... Pourquoi?

LE CHEVALIER.

Parce que tu es un traître et un lâche! parce que depuis que j'ai mis le pied à Stockholm, mon cœur saigne à la vue de tant de misères, parce qu'il est temps d'en finir et que j'ai le droit d'arracher la vie à l'homme qui travaille sourdement à anéantir les dernières lueurs d'espérance d'un malheureux peuple. Je veux te tuer enfin parce qu'on tue les espions comme on écrase les reptiles!

RUSKOÉ, froid.

Tuez!

LE CHEVALIER.

Tu comptes sur ta faiblesse et sur ma générosité, tu te trompes.

RUSKOÉ.

J'ai subi vos mépris... j'ai enduré vos injures... Vous m'avez appelé traître, je n'ai rien dit... vous m'avez appelé lâche, je n'ai rien dit... et vous croyez qu'un coup de votre épée ou de votre poignard qui trancherait ma pauvre guenille de corps difforme me ferait peur? Non... Faites de moi ce que vous voudrez!

Le chevalier regarde un instant Ruskoé, réfléchit une seconde et va pour le frapper.

PAMPHILE.

Non, on ne tue pas ces gens-là, monsieur le chevalier.

LE CHEVALIER.

Tu as raison, on les laisse mourir. Pas d'épée pour eux!... la corde!... Allons, viens Pamphile! Si je restais plus longtemps en face de cette vipère, je serais capable de douter de ce qu'il y a de beau et de bon sur la terre. Partons! partons!

Ils sortent.

SCÈNE IV

RUSKOE, *seul.*

Tous... lui aussi... lui comme les autres? C'est juste! Misérable, dites-vous, oui... misérable, infâme, traître, espion... Je le suis... parce que je veux l'être... parce qu'il faut que je le sois...

Il s'éloigne lentement par les rochers.

Rideau.

Quatrième Tableau.

La cour de l'*auberge des Patriotes*. Porte d'entrée au fond. Corps de bâtiment à droite et à gauche. Une galerie-terrasse qui court dans le haut tout le long du décor et donne accès dans différentes chambres. On monte à cette galerie par deux escaliers. — Tables, chaises.

SCÈNE PREMIÈRE

RIDEBERG, MARTHE, HELWIGE, RUSKOÉ, THORKEL, SUÉDOIS, armés et enveloppés de manteaux.

Il est nuit et la cour est éclairée par une lampe suspendue au milieu du théâtre. Les conjurés forment des groupes entre eux. D'autres conjurés entrent graduellement par les différentes portes auprès desquelles se tiennent des affidés qui reçoivent le mot de passe.

MARTHE, assise, seule, à part.

« Quelqu'un pénétrera jusqu'auprès de toi dans l'auberge des Patriotes, m'a dit Sigebritte, et tu confieras à cet envoyé les mots d'ordre et de ralliement... que tu as promis de me donner. » Car cela est vrai, mon Dieu, que j'ai promis à cette femme de trahir ceux qui sont devenus les miens, de lui livrer les compatriotes de mon mari et de mes fils!... Oh! malheureuse que je suis, et comme elle a été sans pitié, cette mère, devant les douleurs d'une mère... « Ce que tu sais de la conspiration qui se prépare, contre la vie de ton fils! » Et toutes mes larmes, toutes mes supplications n'ont pu lui arracher d'autres paroles... Et quand ce matin j'ai couru à son palais pour lui demander encore la vie de mon Tolben, sa réponse a été de donner l'ordre au bourreau d'aller tuer mon enfant!

Elle se cache la tête dans les mains.

HELWIGE, descendant, à Rideberg,

L'heure s'avance, mon père.

RIDEBERG.

Oui, mais nous ne sommes pas tous réunis; Tolben lui-même n'est pas encore ici.

HELWIGE.

Il est sans doute retenu là-bas par nos amis... mais il va venir!... Attendons!...

MARTHE, à elle-même, regardant autour d'elle.

Décidément cet envoyé ne paraît pas. Si mes larmes avaient enfin touché Sigebritte!...

RUSKOÉ, enveloppé d'un manteau, la tête cachée sous un chapeau, s'approchant de Marthe, à voix basse.

C'est moi, Marthe!

MARTHE, bas.

Ruskoé!... vous, ici!...

RUSKOÉ, id.

Je suis chargé de venir prendre auprès de vous les renseignements que vous devez donner à la dame de Sigebritte.

MARTHE.

Ruskoé!... c'est vous qui allez m'aider à trahir ces malheureux!

RUSKOÉ.

N'est-ce pas mon habitude?... Quant à vous...

MARTHE, baissant la tête.

Moi!...

RUSKOÉ.

Dieu vous jugera... N'avez-vous rien à me dire?...

MARTHE.

Non. Par mesure de prudence ils ont décidé de changer

les mots de passe de deux heures en deux heures... Celui qu'il importe de connaître d'ailleurs, c'est le dernier.

RUSKOÉ.

C'est bien, j'attendrai... Mais je ne vais pas attendre inutilement, n'est-ce pas?... Vous tiendrez votre promesse... et au moment venu vous ne faiblirez pas?

MARTHE.

Non!

RUSKOÉ.

La dame Sigebritte a eu confiance en vous, elle... puisqu'en en échange de votre parole elle vous a rendu Tolben a l'instant même, mais souvenez-vous qu'il lui sera toujours facile de le retrouver, et que si le serment que vous avez fait n'a pas été tenu, votre fils mourra!

MARTHE.

Je m'en souviendrai. Mais cette fois il aura la vie sauve, quoi qu'il arrive, n'est-ce pas? Sigebritte me l'a juré...

RUSKOÉ.

Il aura la vie sauve.

Il remonte et disparaît.

MARTHE, à part.

D'ailleurs cet anneau d'acier que Sigebritte m'a donné et qui doit me faire respecter de ses soldats au moment venu... c'est lui qui le portera... ce n'est pas à ma vie que je tiens c'est à la sienne!...

HELWIGE, s'approchant du chevalier qui est pensif, enveloppé silencieusement dans son manteau.

A quoi songez-vous donc, monsieur le chevalier?

LE CHEVALIER.

A rien, madame! Ce sont ces braves gens qui s'étonnaient que la Hollandaise eût ainsi gracié messire Tolben, après la cruelle injure que ce brave garçon a faite à cet officier.

HELWIGE.

Sigebritte est la compatriote de la mère de Tolben, la Hollandaise aura eu pitié de sa vieille amie.

LE CHEVALIER.

Oui, mais la Hollandaise n'a jamais eu pitié de personne.

HELWIGE, le regardant.

Tolben n'a cependant pas racheté sa vie au prix d'une lâcheté, ils en sont tous certains, n'est-ce pas?

LE CHEVALIER.

Certes, madame; quoique avec notre misérable enveloppe humaine, nul ne puisse répondre de ce que deviendra son courage en face de la torture et de la mort!

HELWIGE.

Monsieur le chevalier, prenez garde! ce que vous dites là pourrait être comme un outrage à l'honneur d'un des nôtres.

LE CHEVALIER.

Permettez! Dieu me garde d'accuser qui que ce soit, et surtout messire Tolben, d'une défaillance. Je n'ai même point voulu écouter ce qui m'a été dit, il n'y a qu'un instant, à ce sujet.

HELWIGE.

Et que vous a-t-on dit?

LE CHEVALIER.

Je guettais tout à l'heure à la porte de cette auberge, quand un homme enveloppé d'un manteau brun, le visage caché, s'est approché de moi et m'a dit : Monsieur le chevalier, allez prévenir ceux qui sont là et qui attendent avec nous le signal de la révolte, que quelqu'un s'est engagé à vous trahir. J'ai voulu m'approcher de cet homme pour qu'il s'expliquât mieux, il a disparu comme par enchantement.

HELWIGE.

Il faudrait peut-être tenir compte de cet avertissement.

LE CHEVALIER.

Non, car c'est sans doute quelque lâche que le moment d'agir effraie. D'ailleurs, j'ai pour les avis mystérieux le même mépris que pour les messages anonymes, je ne crois qu'aux dénonciations faites à visage découvert.

Il remonte.

HELWIGE, à elle-même.

Tolben lâche!... Tolben nous trahissant pour sauver sa vie... allons donc! c'est une calomnie odieuse!

On frappe à la porte d'entrée.

HANS.

Le signal! silence, mes amis, et attendons! (On frappe encore.) Ce n'est pas le signal... ne bougez pas! (Allant vers la porte et élevant la voix :) Qui va là?

TOLBEN, en dehors.

C'est moi, Tolben!

TOUS.

Ah! Tolben!

MARTHE.

C'est lui!

HANS.

Laissez passer!

SCÈNE II

LES MÊMES, TOLBEN.

TOLBEN.

Mes amis... Excellence!

RIDEBERG.

Sois le bienvenu, Tolben! Nous savions ta délivrance et nous sommes heureux que tu puisses venir prendre dans nos rangs la place que nous t'avions réservée... Nos amis de la Taverne Royale sont prêts?

TOLBEN.

Prêts et décidés. Ils comptent sur nous comme nous comptons sur eux et que Dieu fasse le reste.

MARTHE, s'approchant.

Tolben!

TOLBEN, descendant avec elle.

C'est vous, ma mère. Vous êtes sans doute restée si tard ici pour me voir encore une fois?

MARTHE.

Oui!

TOLBEN.

Eh bien! maintenant que vous m'avez vu, il faut partir! vous ne voudriez pas donner cette inquiétude à votre fils d'avoir à trembler pour quelqu'un qu'il aime!

MARTHE.

J'ai dit à Helwige que je combattrais à côté de toi et je combattrai. Tu peux bien me laisser risquer aussi ma vie, puisque je te laisse encore une fois risquer la tienne sans me plaindre. (Mouvement de Tolben.) Oh! tu vois, je ne te dis rien... je ne te demande rien... si ce n'est pourtant de satisfaire à une prière... Rien d'important, tu vas voir. Nous autres femmes, tu sais, nous sommes superstitieuses, nous croyons à mille choses... Promets-moi de porter à ton doigt cet anneau d'acier qui a été béni et qui empêche les balles d'arriver jusqu'à vous... Tu peux bien faire cela pour ta mère, dis, mon Tolben?

TOLBEN, souriant.

Oui... puisque cela vous fait plaisir, ma mère!

Il met l'anneau à son doigt.

MARTHE, avec joie.

Ah! merci, mon fils, merci!

Elle remonte.

HANS, s'approchant de Rideberg.

Monseigneur, le nouveau mot d'ordre?

RIDEBERG.

Honneur et devoir.

HANS.

Bien.

TOLBEN.

Helwige!

HELWIGE, qui s'est approchée doucement de Tolben, à voix basse.

Tolben!... ai-je besoin de te dire ce que j'ai souffert tant que je t'ai su en leur pouvoir... car je ne pouvais rien pour ta délivrance, moi, pas même pleurer tout haut ta captivité devant mon père!... mais, Dieu merci, te voilà libre, et ta présence au milieu de nous rend la victoire plus certaine!

TOLBEN, secouant la tête.

La victoire.

HELWIGE, le regardant.

Tu doutes toujours?

TOLBEN.

Oui! Depuis hier j'ai pu voir nos ennemis de plus près. Ils sont nombreux et nous ne sommes que quelques-uns, nous! Notre tentative est folle, Helwige, je te le répète!

HELWIGE.

Tu n'as pas peur au moins, Tolben?

TOLBEN.

Peur pour moi, non! tu le sais bien, mais pour eux, pour toi! Et si tu m'aimes, Helwige, tu retourneras chez toi et tu emmeneras ma mère!... cela me serre le cœur de vous savoir ici toutes les deux!

HELWIGE.

Tolben! si quelque chose me serre le cœur à moi, c'est le langage que tu tiens! Est-ce bien toi, l'ami de Wasa, qui parles avec cette prudence?

TOLBEN.

Le devoir qui permet d'être téméraire pour soi, défend de l'être pour les autres.

HELWIGE.

Quand il s'agit du pays, la témérité c'est le devoir!

HANS, appelant.

Tolben!

Tolben va à lui.

HELWIGE, à part.

Il veut nous renvoyer, sa mère et moi... Pourquoi donc?

Elle remonte.

RUSKOÉ, qui s'est approché de Marthe, à voix basse.

Marthe, l'heure s'écoule... donnez-moi le mot de passe, il est temps!

MARTHE, de même.

Grâce! Ruskoé, plus le moment approche et plus le courage me manque!

RUSKOÉ.

Je vais donc dire à la dame de Sigebritte que vous n'avez pas tenu votre parole.

Il veut s'éloigner.

MARTHE, le retenant.

Ruskoé!... (Avec effort.) Leur dernier mot de passe est : Honneur et devoir.

RUSKOÉ.

Bien!

MARTHE.

Honneur et devoir, Ruskoé... c'est-à-dire les deux mots auxquels nous manquons tous les deux..

RUSKOÉ.

Les mots ne sont rien... les actions seules sont quelque chose...

MARTHE.

Vous êtes devenu bien impitoyable pour les vôtres, Ruskoé?

RUSKOÉ.

Impitoyable?... Je suis... ce que je suis!... Je fais, moi, ce que je me suis engagé à faire... Ne pleurez pas... Ce qui est doit être! ce qui doit être sera!

Il s'éloigne peu à peu et disparaît.

RIDEBERG.

Mes amis, l'heure s'avance, chacun se souvient du poste qui lui a été confié... Au signal que je donnerai tout à l'heure, chaque bande s'élancera vers le point arrêté, de façon à ce que l'attaque du palais du roi, de l'arsenal et des casernes ait lieu simultanément...

HANS.

Nous nous en souvenons, monseigneur, et nous sommes prêts!

LE CHEVALIER, entrant par la petite porte et s'approchant d'Helwige à voix basse :

L'homme masqué s'est encore approché de moi, madame.

HELWIGE, vivement.

Et que vous a-t-il dit, cette fois?

LE CHEVALIER.

Que celui qui a promis de nous vendre était ici et qu'il était facile de le découvrir à un signe qui doit le faire reconnaître de nos ennemis.

HELWIGE.

Un signe?... Et lequel?

LE CHEVALIER.

Un anneau d'acier qu'il porte à la main gauche.

HELWIGE.

Un anneau d'acier! Il est aisé, en effet, de trouver l'homme qui porte ce signe et de s'assurer enfin si votre avertisseur étrange n'a pas menti.

LE CHEVALIER.

Oui, vous avez raison, madame, cherchons...

Ils remontent chacun d'un côté et regardent les mains des conjurés.

HANS.

Le jour se lève, monseigneur; n'est-ce pas l'heure convenue?

RIDEBERG.

Oui... dans un instant le canon qui annonce l'ouverture du port et qui doit nous servir de signal à tous va se faire entendre... Préparez-vous.

HELWIGE, qui a cherché, redescendant, à part.

Aucun de ceux que je viens de voir n'a cet anneau... Décidément j'ai deviné juste... L'homme mystérieux n'a voulu que tromper monsieur le chevalier...

Elle cherche encore.

LE CHEVALIER, à part.

Rien... absolument rien... Allons, madame Helwige a raison... et j'ai été mystifié!...

TOLBEN.

Le moment approche, monseigneur!

RIDEBERG.

Oui, nous n'avons plus que quelques instants!... Suédois, à genoux, et demandons au Tout-Puissant qu'il nous fasse forts et vaillants dans la lutte qui va commencer! (Chacun s'agenouille. — Helwige se trouve près de Tolben qui joint les mains pour prier. Seigneur! nous vous implorons, jetez sur nous un regard de pitié et aidez-nous dans notre œuvre de délivrance! Nous allons combattre le bon combat... celui que vous ordonnez à vos élus, puisque c'est contre l'iniquité que nous nous sommes armés; c'est pour le triomphe de la justice et du droit que nous tirons l'épée!...

Les Suédois restent un instant recueillis.

HELWIGE, regardant machinalement la main de Tolben et apercevant l'anneau. — Avec un cri étouffé. — A part.

Ah! l'anneau! C'est lui qui a l'anneau! C'est un rêve

que je fais, n'est-ce pas? c'est un mauvais songe que vous m'envoyez, mon Dieu!

MARTHE, qui depuis quelque temps regarde Helwige, à part.

Qu'a donc Helwige?

HELWIGE, à elle-même.

Non! il a cet anneau par hasard! Tolben n'est pas un traître! nous ne sommes pas livrés! nous ne le sommes pas!

Coup de canon.

RIDEBERG.

Le canon! Aux armes!

TOUS.

Aux armes!

HANS, arrivant du dehors et se précipitant.

Arrêtez! tout est perdu! nos sentinelles viennent d'être égorgées... Les troupes du roi marchent sur nous! nous sommes trahis!

TOUS.

Trahis!

HELWIGE, à part, avec accablement.

Ah! c'était vrai! c'était vrai!

RIDEBERG.

Qui donc a commis ce crime odieux?

HANS.

Il faut fuir.

RIDEBERG.

Oui, mais par où?... l'auberge est cernée!...

HANS.

Le souterrain.

LE CHEVALIER, qui a ouvert les trappes, les refermant.

Il est plein d'eau... les soldats ont brisé les digues du côté du lac!... nous sommes perdus!...

MARTHE, à part, la tête dans ses mains.

Mon Dieu! mon Dieu!...

LE CHEVALIER.

Défendons chèrement notre vie, alors.

TOUS.

Oui! oui!

Les conjurés entassent les meubles devant les portes.

RIDEBERG.

Cela a pu se faire... Il s'est trouvé un misérable pour nous trahir! un infâme pour nous vendre!... Ah! mon salut éternel en échange du nom de ce monstre!

TOUS.

Son nom?

HELWIGE, à part.

Je le sais moi, mon Dieu, mais je ne puis pas le dire, puisque j'ai été assez abandonnée du ciel pour donner mon amour à cet homme, pour donner ma foi à ce félon.

RIDEBERG.

Son nom... qui nous dira son nom?

LE CHEVALIER.

Son nom, je vous le dirai, monseigneur, car il porte un signe qui nous le fera reconnaître.

RIDEBERG.

Et lequel?

LE CHEVALIER.

Un anneau d'acier passé à un des doigts de la main gauche.

Il remonte avec Rideberg travailler à l'amoncellement des meubles devant les portes.

TOLBEN, regardant vivement sa main gauche.

Un anneau d'acier!

MARTHE, bas, vivement.

Tolben!

TOLBEN, regardant sa mère.

Mon Dieu! mon Dieu!

HELWIGE, s'approchant de Tolben.

Oui, vous avez entendu, Tolben, un anneau d'acier passé à un des doigts de la main gauche... et ce signe doit apprendre à nos ennemis que celui qui le porte est maintenant un des leurs et qu'ils doivent désormais respecter et protéger sa vie... (Plus bas.) sa vie qui était menacée et qu'il a ainsi sans doute rachetée au prix d'une infamie.

MARTHE, bas.

Tolben! Tolben!

TOLBEN, à part.

Ma mère! ah! ils la tueraient!

HELWIGE.

Mais quand nous découvrirons cet homme, il se disculpera, n'est-ce pas? il prouvera qu'on l'a calomnié en l'accusant du plus grand crime qu'une créature de Dieu puisse commettre ici-bas... Il nous prouvera qu'il ne portait ce signe que par un malentendu terrible... (Baissant la voix.) et que celui que nous étions habitués à respecter et à aimer n'est pas devenu subitement traître par lâcheté, renégat par peur de la mort.

MARTHE, à part.

Oh! mais je ne puis pourtant pas le laisser accuser!

TOLBEN, l'arrêtant, bas.

Silence! ma mère!

HELWIGE.

Vous ne répondez pas, Tolben, vous ne me dites point que ce que je dis là est la vérité. (Avec désespoir.) Ah! mais c'est donc vrai que j'ai aimé un misérable!... c'est donc vrai que j'ai aimé un infâme!... (Avec exaltation.) Eh bien, non!... puisque cela est... je ne laisserai pas une telle monstruosité impunie. Je suis comme ta complice puisque j'ai été assez maudite pour te donner mon âme!... je me punirai aussi de cet amour exécrable!... de cette affection sacrilége... en te dénonçant à ceux dont tu as lâchement vendu la vie!

TOLBEN.

Helwige!

HELWIGE, à tous.

Suédois! écoutez tous! Vous demandez le nom de celui qui vous a trahis, du traître qui vous a livrés...

RIDEBERG.

Oui, oui! son nom!

TOUS.

Oui, oui!

HELWIGE.

Eh bien! je le connais moi... et je vais vous le dire!

MARTHE.

Arrête, Helwige!

TOLBEN, prenant le bras de Marthe qui veut s'élancer.

Ma mère! taisez-vous! taisez-vous!

MARTHE, se dégageant.

Non! c'est assez de lâcheté comme cela et tu me laisseras parler à la fin! (S'élançant.) Oui, tu dis vrai, il y a un traître parmi nous, il y a quelqu'un qui vous a tous misérablement donnés à la mort... mais celui que tu vas dénoncer est innocent... l'infâme qui vous a trahis, l'infâme dont il faut que vous tiriez vengeance à cette heure suprême, cette infâme-là, c'est moi!

HELWIGE.

Allons donc! Marthe! tu m'as devinée, toi! et c'est la mère qui, par un mensonge, veut s'immoler pour son fils.

RIDEBERG.

Tolben!

TOUS.

Tolben!

RIDEBERG, avec un cri.

Tolben! c'est donc Tolben!

Mouvement.

HELWIGE.

Eh bien, oui, vous me l'avez enfin arraché ce nom que je ne pouvais pas tirer de ma poitrine ! Le traître qui nous a livrés... le lâche qui, pour sauver sa vie menacée, nous a trahis, c'est lui, c'est Tolben!

Mouvement général.

MARTHE, à part, avec accablement.

Mon Dieu ! le voilà le châtiment, le voilà !

HELWIGE.

Ah ! je sais bien comment il va se venger de moi... cet homme... il va révéler le secret de notre amour... et dire qu'il a reçu de moi le baiser des fiançailles ! Eh bien, soit ! Meure celui pour qui j'eusse donné mes jours et qui a vendu la vie de ses frères !... Meure celui qui a fait couler le sang des siens... et trahi son pays ! Meure avec lui la misérable qui a été assez lâche pour aimer un infâme ! C'est à la patrie que je fais le sacrifice de mon honneur !

RIDEBERG.

Le misérable ! Mort à lui !

TOUS.

Feu ! feu sur le traitre !

Tous les fusils se lèvent sur Tolben.

MARTHE, avec un cri, couvrant Tolben.

Ah ! mon fils !

Des soldats danois font irruption dans la galerie du haut, ayant un officier à leur tête.

L'OFFICIER, descendant vivement l'escalier.

Bas les armes ! le premier qui bouge est mort !

TOLBEN, se dégageant de sa mère.

Eh bien, soit ! mieux vaut cette mort que l'autre ! Frères, on vous a dit que j'étais un traître ! eh bien, quel que soit le nombre de l'ennemi, c'est moi qui veux être le premier à vous donner le signal du combat ! En avant et mort aux tyrans de la Suède !

Il tire un coup de pistolet sur les soldats. Ceux-ci s'emparent de lui.

MARTHE.

Tolben !

L'OFFICIER.

Lui ! Emmenez-le ! (On entraîne Tolben.) Vous autres, rendez-vous ou j'ordonne le feu.

LE CHEVALIER.

Nous rendre ! allons donc ! Perdue pour perdue, j'aime autant jouer la partie entière !... Allons, mes amis, et qui m'aime, me suive !

La lutte commence. — Des soldats danois, dont le nombre va toujours croissant, apparaissent à toutes les issues, renversent les meubles entassés. Le rideau baisse au milieu de la mêlée.

ACTE QUATRIÈME

Cinquième Tableau.

Dans la maison de Marthe. — Même décor qu'au deuxième tableau.

SCÈNE PREMIÈRE

MARTHE.

Les cloches sonnent. Fusillade au dehors.

MARTHE, elle entre vivement et tombe assise.

Horrible! horrible!... Eh bien, Marthe, es-tu contente? Contemple ton ouvrage. (Coups de feu. Elle se lève et va à la fenêtre. Les cris redoublent. Elle recule.) Ah! ce massacre continue, ils se tuent, ils se tuent toujours! Voilà ce qu'a produit ton amour pour Tolben! Réjouis-toi, bonne mère, ton fils est sauvé, mais tu as été lâche et sans pitié pour tout un peuple! Mais comme le ciel t'a déjà punie de ton forfait. C'est ton fils qu'on accuse de ta trahison! c'est celui pour qui tu as commis une infamie qu'on accuse de ton crime. Ah oui! c'est bien ainsi qu'il fallait me faire expier ma lâcheté. Une enfant t'a pourtant donné l'exemple. Helwige, elle, la noble fille n'a pas hésité à sacrifier son amour à son pays et tu es restée froide devant son héroïsme... Eh bien, non, je n'ai pas pu! je n'ai pas pu! Est-ce que je suis Suédoise, moi? Je suis mère, voilà ce que mon cœur me crie, et Sigebritte, cette femme implacable serait là et me dirait encore de choisir entre la vie de mon fils et celle des autres que je lui crierais : Soit! prends les jours de tous! prends la vie du monde entier, mais laisse-moi mon Tolben, laisse-moi mon enfant! Ah! Seigneur! de quoi donc avez-vous pétri les cœurs de mère pour qu'à un moment de la vie, elles puissent devenir si lâches et si épouvantablement cruelles!

CRIS, *au dehors.*

A mort! à mort!

MARTHE, *allant à la fenêtre.*

C'est un de ceux que j'ai voués à la mort que des soldats poursuivent... Ah! c'est le chevalier... Il est blessé et peut à peine se défendre... par ici, par ici, monseigneur!

SCÈNE II

MARTHE, LE CHEVALIER.

LE CHEVALIER, *blessé, tête nue, défait la main droite dans son justaucorps, une épée mutilée à la main gauche, entrant pendant que Marthe ferme vivement la porte derrière lui.*

Ah! je ne peux plus, je ne peux plus!

MARTHE.

Mon Dieu! vous êtes pâle et chancelant.

LE CHEVALIER.

Ils ont épuisé mes forces, et c'est un miracle que je vive encore. Ah! mais je leur ai fait chèrement payer les blessures qu'ils m'ont faites!

Il tombe sur le fauteuil.

MARTHE, *à la fenêtre.*

Ils se sont éloignés, vous êtes sauvé!

LE CHEVALIER.

Pour cette fois, mais ils reviendront... ces misérables ne laissent point ainsi échapper ainsi leur proie.

MARTHE.

Et... ceux qui étaient avec vous à l'auberge... des patriotes?

LE CHEVALIER.

Ah! ceux-là sont morts ou prisonniers le traître qui nous a livrés savait bien qui ilservait!

MARTHE, suppliante.

Ne maudissez pas Tolben, il est innocent.

LE CHEVALIER.

Je n'ai pas à juger votre fils, je n'ai ni à punir ni à me faire le justicier de celui que j'ai aimé. Mais que Dieu lui pardonne le mal qu'il a fait.

MARTHE.

Monseigneur! encore une fois je vous jure que Tolben est innocent; que l'accusation dont on a voulu le déshonorer est insensée.

LE CHEVALIER.

Je le voudrais, dame Marthe, je donnerais la dernière goutte de mon sang pour que cela fût vrai...

MARTHE.

Mais vous êtes comme les autres, vous ne me croyez pas, mon Dieu! vous ne me croyez pas.

Rumeurs en dehors.

LE CHEVALIER, prêtant l'oreille.

Ah! tenez, les voilà, ils ont retrouvé ma trace.

MARTHE, à la fenêtre.

Oui! ce sont les soldats de tout à l'heure qui reviennent et qui vous cherchent... Ah! fuyez, monsieur le chevalier! quelqu'un leur désigne ma maison et vous dénonce!... ils vont vous tuer... fuyez!...

LE CHEVALIER, ramassant son épée.

Fuir! moi!... vous ne me connaissez pas, dame Marthe... En France nous tombons en regardant la mort en face. Je me défendrai!

MARTHE.

Mais vous êtes sans forces et ils sont nombreux!

LE CHEVALIER.

Qu'est-ce que le nombre quand on est décidé à bien mourir?

SCÈNE III

LES MÊMES, SOLDATS, puis UN OFFICIER.

UN SOLDAT.

Nous le retrouvons!... A mort!...

TOUS.

A mort!

LE CHEVALIER.

Ah! gardez-vous, mes maîtres, le premier qui s'approche, je le cloue à la muraille.

LE SOLDAT.

Feu sur lui!

LE CHEVALIER.

Ah! lâches! lâches!

UN OFFICIER, entrant.

Bas les arquebuses!... cet homme est notre prisonnier!

Les soldats désarment le chevalier et s'emparent de lui.

LE CHEVALIER.

Ah! les lâches! les lâches! J'ai fait tout ce que j'ai pu pour tomber en soldat. Allons, décidément la mort ne veut pas de moi, mais je partagerai du moins le sort de mes compagnons d'armes... Dame Marthe, nous ne nous reverrons plus en ce monde, c'est probable. Adieu donc... pleurez votre pauvre petit Karl et priez pour votre fils Tolben, car c'est par lui que nous mourons tous aujourd'hui.

MARTHE.

Monsieur le chevalier, à cette heure suprême ne soyez pas implacable! Ne jetez pas l'anathème sur un innocent.

LE CHEVALIER, l'interrompant.

Un innocent! Ah! Dieu vous garde!

Il sort avec l'officier et les soldats.

SCÈNE IV

MARTHE, puis TOLBEN.

MARTHE.

Lui aussi, mon Dieu, mourra en maudissant le nom de mon fils... Mon fils, où est-il en ce moment? On l'a fait prisonnier... Mais c'était une feinte. Sigebritte n'aura pas manqué à sa parole au moins! La liberté lui a été rendue. La vie de mon fils a été respectée! Ah! voilà mes terreurs qui me reprennent!... Mon fils!... il faut que je sache ce qu'on a fait de mon fils!

Elle court à la porte du fond. Tolben paraît.

SCÈNE V

MARTHE, TOLBEN.

TOLBEN.

Ma mère!

MARTHE, qui s'est arrêtée à sa vue, à part.

C'est lui!... Mon Dieu! que j'ai peur de sa présence maintenant!

TOLBEN.

Enfin, ma mère! vous allez me dire toute la vérité! Voyons, vous n'êtes pas coupable, n'est-ce pas? c'est un mauvais rêve que nous faisons tous les deux, vous que j'ai connu si loyale et si vaillante autrefois, vous n'avez pas tout à coup commis un crime odieux! c'était seulement pour me sauver que vous vous êtes accusée de la trahison dont on a voulu me flétrir! c'était seulement pour me sauver que vous vous êtes offerte à ma place à la juste fureur de nos amis livrés et vendus !

MARTHE.

Oui ! Tolben, c'était pour te sauver !

TOLBEN.

C'était sans savoir ce que cet anneau signifiait que vous me l'avez mis au doigt, n'est-ce pas ? cet anneau qui a fait que j'ai pu passer pour un traître !

MARTHE.

Je ne le savais pas, Tolben.

TOLBEN.

Alors ce n'est pas par votre faute que depuis ce matin que je veux mourir, les armes des Danois continuent à se détourner de moi et que nos ennemis rient de mes insultes et de mes colères comme si c'étaient celles d'un enfant ?

MARTHE.

Ce n'est pas par ma faute, Tolben !

TOLBEN.

Il faut que vous me juriez cela, ma mère, car pardonnez-moi ce que je vais vous dire, mais depuis que je rassemble tous mes souvenirs pour arriver à comprendre comment le malheur a pu nous atteindre tous les deux aussi vite, c'est vous, toujours vous que je revois dans ma pensée, pâle et suppliante auprès de la Hollandaise le jour où vous êtes venues toutes deux dans ma prison me rendre ma liberté que je ne demandais pas ! Ma mère, la Hollandaise ne cède pas aux supplications et quelque'amitié qu'elle ait pu conserver pour sa compatriote, elle n'a pas simplement cédé aux vôtres, et elle vous a sans doute proposé quelque marché honteux que vous avez repoussé ?

MARTHE, à part.

Mon Dieu ! mon Dieu !

TOLBEN.

Il faut que vous me juriez cela, voyez-vous, pour que je puisse mourir la tête haute.

MARTHE.

Mourir?

TOLBEN.

Parbleu!... Est-ce que vous croyez que je m'en vais vivre maintenant avec la honte qu'Helwige m'a marquée au front! Il faut qu'ils sachent bien tous que je ne suis pas un misérable qui a peur de la mort et que c'est quelqu'un qui m'a pris mon honneur sans me le dire, quelqu'un que je ne pourrai pas punir avant de mourir, car même encore à cette heure, je ne connais pas cet infâme! non, je ne le connais pas, n'est-ce pas? Ah! mais répondez moi donc, vous voyez bien que votre silence me glace le cœur, vous voyez bien que vos larmes me rendent fou! Jurez-moi que vous êtes innocente du crime dont vous vous êtes accusée. Jurez-moi cela, ma mère, afin que je puisse crier encore à ceux qui m'accusent que ni vous ni moi n'avons été des misérables!

MARTHE.

Te jurer que je n'ai pas été une infâme? te jurer que je n'ai rien fait pour t'empêcher de mourir, quand, au prix d'une trahison, je pouvais te laisser vivre! Eh bien! non, Tolben! je ne te jurerai pas cela! Car cela n'est pas vrai, tu le sais bien? et je n'ajouterai pas un parjure à mon crime.

TOLBEN.

Ah! mon Dieu! mon Dieu!

MARTHE.

Maudis-moi! tue-moi... mais... j'ai été lâche et vile, j'ai acheté ta vie au prix d'une honte! Oh! je sais bien que c'est un forfait odieux que j'ai commis là; mais j'ai été sans force devant ton supplice, Tolben, elle m'avait déjà tué mon autre enfant, cette femme, elle allait te tuer à son tour, elle me tenait, là, haletante, sous sa menace, folle de douleur sous un regard implacable! j'ai dit oui, Tolben! j'ai dit qu'on me laissât un des deux enfants que Dieu m'avait donnés et qu'on fît de moi ce qu'on voudrait!

TOLBEN.

C'était donc la vérité!

MARTHE.

C'est horrible, je le sais bien!... Mais les mères ont

de ces sauvageries-là, vois-tu, et je suis mère... Tolben, et je t'aime à sacrifier pour toi plus que ma vie, puisque pour que tu ne meures pas, mon Dieu, j'ai donné ton honneur et le mien ; l'infâme que tu cherches pour le punir, c'est moi, punis-moi, Tolben, punis-moi.

TOLBEN, avec accablement.

Ainsi pour me sauver les quelques jours que j'ai à vivre, vous avez donné la vie de vos frères, l'avenir de notre pays !

MARTHE.

Tue-moi ! Tolben ! te dis-je ! j'ai été cette misérable-là ! j'ai eu peur de ta mort ! j'en ai eu peur !

TOLBEN.

Ma mère, Dieu veut que nous respections ceux qui nous ont donné le jour jusque dans leurs forfaits !... A lui de vous juger et de vous punir !... Mais les cadavres qui sont là (Il désigne la rue en montrant la fenêtre.) et qui jonchent les rues de Stockholm, ce n'étaient point vos fils ceux-là et ils vous maudissaient de votre crime.

MARTHE.

Tolben !

TOLBEN.

Vivez avec votre remords et avec votre repentir ! Pour moi tout est fini maintenant sur cette terre... et c'est pour nous deux que je vais mourir à présent !... pour vous qui avez commis comme un parricide !... pour moi qui ai été assez abandonné du ciel pour vous l'avoir fait commettre !

MARTHE, se cramponnant à lui.

Tolben ! mon fils ! mon enfant !

TOLBEN.

Adieu, ma mère, et que le ciel vous pardonne ! (Montrant la fenêtre.) eux, ne vous pardonneront pas.

Il sort.

MARTHE.

Tolben ! mon Tolben ! Mon fils ! ah ! je l'ai perdu ! je

l'ai perdu! et ce que j'ai fait pour le sauver le tue plus sûrement puisqu'il veut mourir, car le voilà qui va mourir, à présent ; et moi, que vais-je faire à cette heure? Maintenant que je suis maudite de tous, et de mon fils, il faut que je meure misérablement et abandonnée et sans que ma mort n'obtienne même le pardon de celui que je voulais voir vivre! de celui pour lequel je me suis couverte de honte et d'infamie!...Ah! tout est fini pour moi, tout est bien fini!

SCÈNE VI

MARTHE, RUSKOÉ.

RUSKOÉ, arrivant par une petite porte à droite et s'approchant doucement de Marthe.

Non, Marthe! car je vous apporte la mort qui réhabilite, la mort qui rachète les crimes les plus grands.

MARTHE.

Toi?

RUSKOÉ.

Oui, moi! Tous ceux que la Hollandaise avait condamnés n'ont pas succombé... Le comte de Rideberg et sa fille sont vivants! Marthe, voulez-vous sauver le comte de Rideberg, les quelques autres malheureux qui vivent encore de la torture et de la mort? Voulez-vous sauver la Suède?

MARTHE, le regardant avec étonnement.

Dieu! c'est un rêve que je fais! quelqu'un m'offre de mourir pour racheter mon crime, quelqu'un m'offre cette joie immense de réparer par ma mort les douleurs que j'ai causées... Mais non, je suis folle, c'est un piége, une nouvelle trahison, car l'homme qui est devant moi, c'est toi, Ruskoé, toi l'espion du roi, l'âme damnée de Sigebritte.

RUSKOÉ.

C'est vrai, écoutez-moi, Marthe, le massacre d'aujourd'hui a exaspéré Wasa et grossi le nombre de ses combattants, il est prêt à attaquer Stockholm. Déjà quelques soldats qui gardent une des portes de la ville ont été gagnés. Écoutez-moi bien, Marthe. Si cette nuit une femme dont la présence éveillerait moins les soupçons que celle d'un homme, obtenait la défection d'autres soldats, si enfin, à un signal donné, elle parvenait à ouvrir la porte à nos libérateurs, elle leur permettrait d'entrer secrètement dans la ville, et demain à l'aube, la Suède serait libre !

MARTHE.

Encore une fois je crois rêver. Est-ce bien toi qui me parles en ce moment? Toi, l'ennemi de ton pays, l'adversaire déclaré de la Suède, tu viens m'offrir de la sauver ?

RUSKOÉ.

Si j'avais pu me réserver cette suprême joie, je ne vous l'eusse point offerte.

MARTHE.

Explique-toi?

RUSKOÉ.

Je ne le puis.

MARTHE.

Quel mystère me caches-tu donc?

RUSKOÉ.

Rien, rien!

MARTHE.

Mais enfin, si cela est vrai, si tu n'as pas menti, cette grande mission de délivrance quelle raison assez puissante peut donc t'empêcher de l'accomplir?

RUSKOÉ.

Quelle raison? ne l'avez-vous pas dit vous-même... Je suis le misérable valet du roi et de la Hollandaise et personne ne me croirait pas, moi! Ferez-vous ce que je vous demande, Marthe? Acceptez-vous l'honneur que je viens vous offrir?

MARTHE.

Non!

RUSKOÉ.

Non!

MARTHE.

Non! parce que je ne crois pas à tes paroles, parce que je ne puis y croire; parce qu'il me faut le mystère de ta vie tout entier dont tu viens de me faire deviner.

RUSKOÉ.

Que vous importe ma vie, que vous importe mon passé!...Je suis venu à vous franchement et je vous dis : voulez-vous vous réhabiliter voilà tout... Voulez-vous faire une grande action?... voulez-vous rendre la Suède forte et libre, puisque moi je suis trop bas, je suis trop vil, je suis trop flétri pour avoir le bonheur de faire en plein soleil, devant tous, quelque chose pour la liberté de mon pays!!!

MARTHE.

Tu pleures.

RUSKOÉ.

Moi?

MARTHE.

Oh! il faut que je sache tout maintenant, tu ne me cacheras pas la vérité plus longtemps?

RUSKOÉ.

La vérité?

MARTHE.

Oui! parle. Achève, ouvre-moi ton âme?... je veux ton secret, il le faut, je le veux.

RUSKOÉ.

Eh bien, oui!... je parlerai!... Aussi bien j'étouffe, je suffoque, je mourrais si je me taisais plus longtemps. Ecoutez-moi donc! Il y a quatre ans, un homme jeune encore, car il a bien vieilli depuis, sortait une nuit de Stockholm, et pénétrait le lendemain dans le camp de Gustave Wasa.

MARTHE.

C'était toi, Ruskoé ?

RUSKOÉ.

Huit jours auparavant on m'avait pris et tué mon vieux père, vous l'avez connu mon père ?... un vrai Suédois celui-là, un vrai patriote. Ma mère était morte de douleur et j'étais resté seul, orphelin, sans appui, sans affection, avec mon désespoir et ma haine.

MARTHE.

Achève.

RUSKOÉ.

J'allai trouver le grand Wasa et je lui dis : Moi aussi je suis une des victimes de la cruauté de Christian II, on m'a séparé pour toujours de ceux que j'aimais, et si l'on me fait grâce à moi, c'est par dédain pour ma faiblesse et ma difformité. Eh bien, moi tout petit et tout chétif que Dieu m'a créé, je veux que tout ce sang sauvagement répandu par un fou cesse de couler. Et puisque je ne peux pas même faire un soldat, puisque je ne peux pas être la force, je serai la ruse, je serai le ver de terre qui rampe, jusqu'à ce qu'il morde, la lime qui ronge et qui use la chaîne de l'esclave. Ne pouvant pas être un homme, je ne serai qu'une chose, mais cette chose s'appellera le dévouement, l'abnégation, la vengeance !... Voulez-vous que je sois cette chose ?

MARTHE.

Et qu'a répondu Wasa ?

RUSKOÉ.

Il m'a pris la main et me l'a serrée ! je continuai : Voulez-vous qu'à partir de ce moment je me fasse le serviteur dévoué de la Hollandaise, le plat courtisan du roi ?... Le fils d'Eric m'avait compris : Fais cela, me dit-il, je t'absous à l'avance du parjure que tu vas commettre. Au nom du pays opprimé, je te permets cette forfaiture !

MARTHE.

Et tu as tenu ta parole, Ruskoé?

RUSKOÉ.

Oui, ne pouvant donner mon sang, j'ai donné mon honneur.

MARTHE.

Tu as accompli tout cela, Ruskoé?

RUSKOÉ.

Et non sans défaillances, je m'en accuse devant Dieu. Oui, il y a des jours où quand on m'avait trop insulté ou jeté trop de boue au visage, je rentrais dans ma maison et là, seul, entre mes murs froids et sachant que personne ne pouvait m'entendre, je pleurais toute la nuit en m'arrachant la poitrine avec mes ongles. Ah! c'est que le supplice le plus abominable qu'un être humain puisse endurer ici-bas, c'est de voir les visages se détourner de lui quand il passe, les pères le montrer du doigt à leurs enfants en leur disant : Regarde bien cet homme et tâche de le reconnaître plus tard, c'est un renégat qui a vendu son pays ; c'est un traître qui a livré sa mère!

MARTHE, *tombant à genoux devant Ruskoé.*

Ruskoé, je salue en ta personne sainte le martyr obscur et sublime... pour faire ce que tu as fait, il faut plus de courage que pour mourir sur le champ de bataille, il faut plus de foi que pour donner à son pays sa fortune et son sang... Je t'admire et je te bénis au nom de ce pays malheureux, au nom de l'humanité agrandie par ton dévouement.

RUSKOÉ.

Marthe!

MARTHE.

Ainsi tous ont apporté leur tribut d'holocauste au pays asservi, et moi, moi seule j'ai été assez lâche pour ne lui apporter que la trahison et le meurtre... Mais à mon tour maintenant, d'élever mon âme jusqu'au sacrifice! Ruskoé, tu me jures, n'est-ce pas, que c'est la mort que je vais aller chercher et qu'en mourant je sauverai la Suède?

RUSKOÉ.

Je vous le jure !

MARTHE.

Je vais faire ce que tu me demandes, je vais ouvrir les portes de la ville à Wasa. Ce qu'une femme a fait pour livrer Stockholm au massacre, cette même femme le fera pour délivrer la Suède de ses tyrans !

RUSKOÉ.

Vous me croyez donc maintenant ?

MARTHE.

Oui. Embrasse-moi, Ruskoé, que ton baiser soit comme la première absolution de ma faute. Ruskoé!... mort aux tyrans de la Suède et vive notre patrie commune !

RUSKOÉ.

Vive la patrie !

Ils s'agenouillent entrelacés.

Rideau.

ACTE CINQUIÈME

Sixième Tableau.

La plate-forme de la forteresse de Stockholm, au fond les créneaux. — A droite, un corps de bâtiment avec porte grillée par laquelle on pénètre sur la plate-forme ; à gauche, autre petit corps de bâtiment et continuation des créneaux.

SCÈNE PREMIÈRE

RUSKOÉ, RIDEBERG, HELWIGE.

Au lever du rideau Ruskoé au fond, anxieux, regarde dans la campagne à travers les créneaux, Rideberg et Helwige assis sur un banc à droite, des prisonniers au fond.

RUSKOÉ, à part.

Rien encore! je ne vois rien! Marthe, Marthe, auras-tu réussi? me l'enverras-tu, ce signal de délivrance que tu m'as promis? O Dieu sauveur des nations, inspire-la, sois la sauvegarde de son dévouement sublime.

RIDEBERG.

Le jour va venir, et avec lui sonnera l'heure de notre exécution. Tu meurs sans regrets, Helwige?

HELWIGE.

Dites que je meurs avec joie, mon père... Croyez-vous qu'à cette heure suprême, si vous m'avez pardonné mon odieux amour, je ne m'en maudis pas, moi? Tolben est un traître, Tolben est un misérable! C'est par son crime que nous mourrons tous aujourd'hui et que le pays reste asservi, et j'aime toujours Tolben, oui, mon père, j'aime toujours celui qui a été vil et lâche! Vous voyez bien qu'il est temps que je meure!...

SCÈNE II

LES MÊMES, LE CHEVALIER, TOLBEN, et DES PRISONNIERS SUÉDOIS. *Ils sont entrés depuis quelque temps, amenés par des gardiens.*

LE CHEVALIER, *s'avançant.*

Et vous faites bien de l'aimer, Helwige, car il est resté digne de vous et de sa patrie... Moi aussi comme vous, j'ai douté de lui, moi aussi, je l'ai accusé de trahison, mais quand je l'ai vu au premier rang de ceux qui ont tenté de nous délivrer au moment où nos bourreaux nous conduisaient dans cette forteresse, quand je l'ai vu après ce courageux mais inutile effort se montrer heureux de venir mourir à nos côtés, c'est avec joie que je me suis incliné devant lui en disant pardon!... Helwige, vous pouvez l'aimer sans crainte, Tolben est resté un soldat fidèle et loyal.

HELWIGE.

Mon Dieu!

TOLBEN, *à Helwige.*

Croyez-vous à mon innocence maintenant?

HELWIGE, *allant à lui.*

Oui, Tolben! et je t'aime!

RIDEBERG.

Mais qui donc nous a trahis alors?

TOLBEN.

Qui?

RUSKOÉ, s'approchant.

Vous le saurez quand la pauvre âme que Tolben ne peut pas vous nommer aura racheté sa faute et réparé son crime!

TOLBEN, à part, regardant Ruskoé.

Dieu!

RIDEBERG.

Quelle est cette voix? Que vient faire cet homme ici? qu'il nous laisse mourir en paix, qu'on le chasse! La mort, la mort pour nous, c'est notre gloire, c'est le droit des vaincus!

LE CHEVALIER.

Oui, assez de lâcheté, assez de trahison. Encore une fois, que cet homme sorte d'ici, ou je ne réponds plus de ma colère.

TOLBEN, allant au chevalier.

Arrêtez, chevalier, il a un secret qu'il faut que nous sachions et que notre devoir est de lui arracher à tout prix.

RUSKOÉ, réprimant un mouvement.

Ah! c'est juste, ils ne savent rien encore, je leur pardonne.

TOLBEN, bas à Ruskoé.

Ruskoé, tu as tout appris, toi!... La Hollandaise t'a tout dit!... ma mère? que sais-tu de ma mère?...

RUSKOÉ.

Rien!

TOLBEN.

Ne me laisse pas dans cette anxiété... tu es troublé!... inquiet toi-même... Il se passe quelque chose d'effrayant... Réponds... que faisais-tu là... le cou tendu, l'œil fixe comme un désespéré qui attend la vie ou la mort?

RUSKOÉ.

Tolben! écoute-moi, le temps presse, c'est de toi que dépend le salut de tous! Ne songe plus qu'à ceux que tu aimes... La torture et la mort sont là... Gagne une heure et tu les sauves peut-être.

TOLBEN.

Les sauver, mais comment?

RUSKOÉ.

Une vieille loi suédoise permet aux condamnés de demander des juges pour leurs faire leur derniers aveux. Invoque-la.

TOLBEN.

Le comte refusera.

RUSKOÉ.

Il faut qu'il accepte. Oh! je sais bien que c'est comme une lâcheté que je vous propose à tous. Mais cette heure de répit, c'est la délivrance, cette heure gagnée c'est la liberté... Regarde-moi bien en face, Tolben, je te le jure, j'ai dit la vérité... on vient .. hâte-toi! hâte-toi!

Un officier paraît.

LE CAPITAINE.

Messieurs, êtes-vous prêts?

TOUS.

Nous le sommes.

TOLBEN, *après avoir regardé Ruskoé.*

Dites à ceux qui vous envoient que les condamnés invoquent l'heure de répit que la loi leur donne et qu'ils sont prêts à faire les aveux qu'on leur demande.

Le capitaine sort.

LE COMTE.

Que dites- vous, Tolben?

TOLBEN.

Il le faut, monseigneur, il le faut; par pitié, ne nous refusez pas cette dernière chance de salut, et laissez-moi croire que vous n'avez plus le moindre doute sur mon honneur de soldat!

Rideberg lui serre la main.

SCÈNE III

LES MÊMES, SIGEBRITTE, SOLDATS.

LE CHEF des gardes, annonçant.

Sa Seigneurie la dame de Sigebritte!

TOLBEN.

Elle!

RIDEBERG.

Elle ici!

HELWIGE.

Elle vient pour nous braver!

SIGEBRITTE, qui est entrée.

Je viens pour écouter les aveux que vous avez à nous faire... Comte de Rideberg, qu'avez-vous à nous dire?

TOLBEN, bas à Rideberg, en regardant Ruskoé.

Parlez-lui! parlez-lui!... qui sait ce que peut amener une minute de gagnée?

SIGEBRITTE.

Vous reconnaissez avoir conspiré contre la vie du roi?

RIDEBERG.

Oui, je reconnais cela!

SIGEBRITTE.

Vous reconnaissez alors que le supplice que vous allez endurer en expiation de ce forfait est juste?

RIDEBERG.

Je le reconnais ! oui, j'ai mérité la mort, ainsi que tous ceux qui sont ici pour avoir tenté, sans y réussir, de délivrer la Suède de tous ses oppresseurs.

SIGEBRITTE.

Vous avez des complices que notre justice n'a pas encore atteints ?

RIDEBERG.

Des complices !

TOLBEN, suppliant.

Monsieur le comte !

RIDEBERG.

Eh ! bien oui ! nous avons des complices que vous ne connaissez pas !... Nous avons pour continuer après nous la besogne que nous n'avons pu mener à bien, tous ceux qui en Suède ont l'horreur de la tyrannie et des crimes !

SIGEBRITTE, froidement.

Est-ce pour nous faire entendre ces menaces que vous nous avez fait venir ?

TOLBEN.

Monseigneur !

RIDEBERG.

Je ne dirai plus rien, car ma patience est à bout !... J'ai donné tout ce que j'avais de courage.

HELWIGE.

Et c'est assez de honte comme cela !

SIGEBRITTE.

Alors, comte, préparez-vous à mourir, car l'heure est venue et le roi ne veut plus attendre.

RIDEBERG.

Je suis prêt, madame.

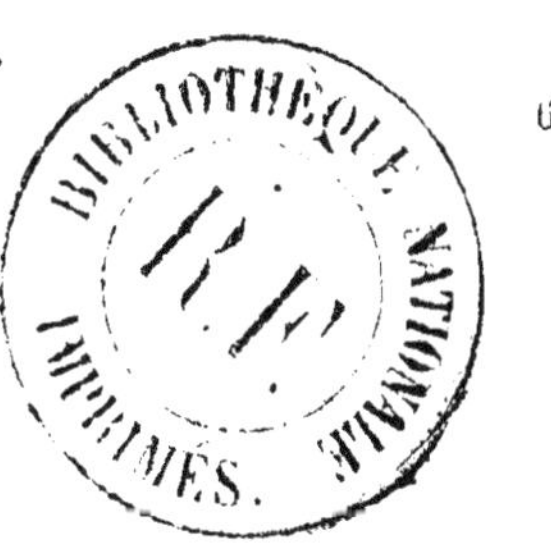

LE CHEVALIER.

Et nous le sommes tous; vous allez voir comment souffrent et meurent des gentilshommes!...

RIDEBERG.

Viens, Helwige viens!

Ils vont pour suivre le capitaine. — Détonation au dehors.

RUSKOÉ.

Ah! enfin! le signal! c'est le signal!...

Se précipitant entre les condamnés et les soldats.

SIGEBRITTE, étonnée.

Que veut dire cet homme?

RUSKOÉ.

Je dis qu'a partir de cet instant, Christian II n'est plus roi de Suède! Je dis que grâce au dévouement d'une femme, à son héroïsme, les soldats de Gustave Wasa sont dans la ville, qu'ils ont terrassé vos soldats, que leur roi est leur prisonnier comme vous êtes notre prisonnière!

SIGEBRITTE.

Ruskoé!

RUSKOÉ.

Je ne suis plus Ruskoé l'espion, le serviteur de vos crimes!... Je suis Ruskoé le patriote qui a tout sacrifié pour délivrer la patrie de ses assassins et qui sent son cœur déborder d'une ineffable joie en voyant enfin monter à l'horizon le jour béni de la liberté!

SIGEBRITTE.

Oh! mais vos libérateurs arriveront trop tard et je serai au moins vengée de votre félonie à tous!

Coups de feu dans la coulisse et cris de vive la Suède! vive Gustave Wasa!

SCÈNE IV

LES MÊMES, SOLDATS DALÉCARLIENS qui désarment les soldats danois, puis MARTHE.

RIDEBERG.

Mon Dieu! c'est donc vrai, la patrie est délivrée, et celle qui a accompli cette action glorieuse, celle qui a sauvé son pays...

MARTHE, entrant soutenue par deux hommes.

C'est celle qui vous avait trahis, monseigneur!

TOLBEN.

Ma mère!

MARTHE.

Mon fils! je puis donc enfin t'embrasser sans rougir! j'ai réparé la faute que j'avais commise!

TOLBEN.

Ma mère!...

HELWIGE.

Grand Dieu! mais tu es blessée, Marthe!

MARTHE.

Oui, c'est fini, cette fois!

TOUS.

Ah!

Mouvement général.

MARTHE, se levant.

Ne me plaignez pas!... je ne pouvais plus vivre!... j'ai tant souffert; et je suis si heureuse!

Le comte, sa fille et Tolben l'entourent.

RIDEBERG, étendant les mains sur Marthe.

Marthe, Tolben, au nom de la Suède délivrée, je vous absous et je vous glorifie!...

MARTHE, montrant Ruskoé.

Glorifiez aussi ce martyr obscur et sublime!... nous avons tous donné au pays notre part de souffrance, mais celui-là a donné plus que chacun de nous! (A Ruskoé.) J'ai tenu ma parole, Ruskoé...

Elle tombe sur la chaise.

RUSKOÉ.

La mort aussi!

MARTHE.

La mort qui réhabilite!

Elle meurt, Rideberg debout derriere Marthe, Helwige et Tolben à genoux, Ruskoé à l'avant-scène. — Des soldats de Wasa ont garni le fond et agitent des bannières... chacun se découvre devant la mort.

Tableau. — Le rideau baisse.

FIN

IMPRIMERIE GÉNÉRALE DE CHATILLON-SUR-SEINE. JEANNE ROBERT.

EN VENTE

A LA MÊME LIBRAIRIE

LA MAITRESSE LÉGITIME

Comédie en quatre actes.......................... 2 »

LES DEUX ORPHELINES

Dram een cinq actes.............................. 2 50

TOUS DENTISTES

Vaudeville en un acte............................ 1 50

RETOUR DU JAPON

Comédie en un acte............................... 1 »

LES LUNATIQUES

Comédie en un acte............................... 1 50

LA REVUE A LA VAPEUR

Actualité parisienne en un acte.................. 1 50

LES BIBELOTS DE PARIS

Revue en deux actes.......................... 1 50

DE DEUX HEURES A QUATRE

Vaudeville en un acte......................... 1 50

CALINO AMOUREUX

Opérette en un acte............................ 1 »

LE TRAQUENARD

Comédie-vaudeville en un acte............ ...... 1 »

LA MALLE DES INDES

Revue en trois actes et 18 tableaux............... » 50

MADAME MASCARILLE

Comédie en un acte, en vers libres............... 1 50

GIROFLÉ-GIROFLA

Opéra-bouffe en trois actes........................ 2 , »

LES PETITS-FILS DE MÉNÉLAS

Vaudeville en trois actes........................ 1 50

LES BÊTES NOIRES DU CAPITAINE

Comédie en quatre actes........................ 2 »

LE PAN DE ROBE

Comédie en un acte........................ 1 50

Imprimerie générale de Châtillon-sur-Seine, J. Robert

FOYERS
ET
COULISSES

HISTOIRE ANECDOTIQUE
DE TOUS LES THÉATRES DE PARIS

Cet ouvrage se composera environ de vingt brochures in-32, ornées chacune de deux photographies.

Chaque volume . . . . **1 fr. 50**

Les volumes d'un même Théâtre ne se vendent pas séparément.

Les Bouffes-Parisiens	1 vol.
Les Folies-Dramatiques	1 —
Les Variétés	1 —
Le Palais-Royal	1 —
La Comédie-Française	2 —
Le Vaudeville	1 —
La Gaité	2 —
L'Opéra	3 —
Le Gymnase	2 —
L'Odéon	1 —

www.ingramcontent.com/pod-product-compliance
Ingram Content Group UK Ltd.
Pitfield, Milton Keynes, MK11 3LW, UK
UKHW021105260726
13994UKWH00002B/718